講談社文庫

神楽坂つきみ茶屋2

突然のピンチと喜寿の祝い膳

斎藤千輪

講談社

目次

神楽坂つきみ茶屋2

～突然のピンチと喜寿《きじゅ》の祝い膳～

プロローグ　「ピンチを招く美食家の女」

　そんな……。一体、どうしたらいいんだ……？

　江戸時代から続く東京・神楽坂の割烹《かっぽう》『つきみ茶屋』。その七代目である月見《つきみ》剣士《けんじ》は、突然の出来事に愕然《がくぜん》としていた。

　目の前にいるド派手な服装の老婆が、先ほどから威圧感たっぷりに剣士を睨《にら》んでいる。赤く染めたボブヘアの彼女は、意外なほど姿勢もスタイルも良く、紫のフリルつきロングワンピースを見事に着こなしている。

「聞こえなかったの？　もう一度言うわよ。お父さんの借金、今すぐ返してちょうだい」

老婆の名は橘《たちばな》桂子《かつらこ》。ここら一帯の大地主だ。桂子は右中指のルビーらしき宝石のついた指輪を光らせながら、剣士に借用書を突きつけてくる。

その借用書には、確かに剣士の父・月見太地《たいじ》の署名と捺印《なついん》がされていた。返済期限はとっくに過ぎている。

つきみ茶屋の六代目だった父は、三ヵ月半ほど前に自動車事故で母と共に他界。剣士は跡目を継ぎ、暖簾《のれん》を守っていく決意をしたばかりであった。

「うちの父、まだ借金があったんですね……」

「そうよ。あたくしはね、あなたのお父さん、太地さんの腕を信じてお金を貸してたの。太地さん、コツコツ返してくれてたわ。あたくしが店に行くと、必ず季節の茶碗《ちゃわん》蒸《む》しを出してくれてね。出汁《だし》が濃くて本当に美味《おい》しくて……」

一瞬だけ微笑《ほほえ》んだあと、桂子は厳しい視線をこちらに向けた。

「だけど、残念なことにつきみ茶屋はつぶれてしまった。他所《よそ》の返済も滞納していたようね。あたくし、しばらく海外にいたから、それを昨日知ったの。お父さんの遺産を相続した剣士さんには、借金返済の義務もあるのよ。さあ、耳を揃《そろ》えて返してちょうだい。残金四百二十五万円」

「よ、四百……」

剣士の額に冷や汗が滲《にじ》む。

側《かたわ》らにいる幼馴染《おさななじみ》の風間《かざま》翔太《しょうた》も、硬直したまま何も言えずにいる。

両親の貯金や生命保険の大半は、ほかにもあった借金返済で消えていた。剣士は店を新装オープンするために、相続したこの店舗付き住宅を担保に銀行から融資を受けている。一緒に店を経営する翔太も、すでに目一杯出資をしていた。四百万以上もの大金、どう考えてもすぐ用意なんてできない。

「でも、ですね、桂子さん」と、剣士は精一杯の抵抗を試みた。

「つきみ茶屋は僕たちふたりで新装オープンすることになったんです。十月八日がオープン予定日で、あと二週間とちょっとです。店が再開したら返済できると思うので、少し待ってもらえませんか？　この店は、江戸料理の割烹になる予定なんです」

「江戸料理？　若いあなた方で？　たしか剣士さん、まだ二十四歳だったわよね？」

「はい」と小声で返答した剣士の顔を、桂子が疑わしそうに見つめる。

「調理はあなたがするのかしら？」

「いえ、ここにいる翔太、風間翔太が担当します。腕利きの料理人なんです」

そう、元々料理上手だった翔太は、ある事情で和食の達人へと進化していた。それも、江戸時代に食されていた日本古来の和食を、完璧に再現できるのである。

「翔太さんね。見た目は男前だけど、料理人としての腕が一人前だかどうだか皆目《かいもく》わからないわ。あたくし、見込んだ人にしかお金は貸さないの」

「じゃあ、オープンしたらうちで食事をしていただいて……」

食い下がった剣士だが、桂子は首を横に振った。

「無理。二週間後でしょ。あたくし、十日後に海外に戻っちゃうのよ。またしばらく帰ってこないつもり。だから、ここで食事なんてできないわね」

取りつく島もない桂子に向かって、隣の翔太が一歩前に足を踏み出した。

「じゃあ、桂子さんが海外に戻る前に、オレに腕試しをさせてください。あなたのために料理を作ります。それで判断してもらえませんか？」

「判断？」

「ええ。その料理がお口に合うようでしたら、借金の返済は待っていただきたいんです。どうかお願いします」

必死な表情の翔太を見て、桂子がニタリと笑った。

「腕試し、ね。何を作ってくれるのかしら？」

やったぞ、翔太の提案に桂子が興味を示した！

一縷《いちる》の望みにかけて、すかさず剣士も援護に入る。

「翔太はうちの父に引けを取らない和食の達人なんです。とっておきの料理をご用意します。だから僕たちにチャンスをください！」

ふたりで深々と頭を下げた。しばしの沈黙が訪れる。

「……まあ、あたくしだって鬼じゃないから」

見上げると、桂子は表情を和《やわ》らげていた。

「ご両親を亡くしたばかりなのに、シビアなこと言ってごめんなさいね。わかりました。あたくしが料理を気に入ったら、返済は待ってあげてもいいわ。本当は海外に戻る前に、問題のある融資先から資金を回収しておきたかったんだけど、特別に考えて差し上げます。ただし……」

そこで一拍おいてから、彼女は言い放った。

「あたくしは世界中の美食を知り尽くしているの。江戸時代のお料理だって、専門店で何度もいただいてます。そんじょそこらの和食じゃ満足しないわよ。もし気に入らなかったら、この店を売ってでも一括返済してもらいます。それでもいいのかしら？」

「え……？」

剣士は返答に詰まってしまった。

翔太の腕試しが失敗したら、この店舗付き住宅を手放す羽目になる。そうなったら、今までの準備がすべて水の泡となってしまう。

現金がまったくないわけではなかった。開店資金として銀行から借りているので、ある程度の蓄えはある。だが、それに手をつけるわけにはいかない。店が回らなくなってしまう。物置の骨董品《こっとう》を鑑定してもらえば少しはカネになるかもしれないが、きっと微々たるものだろう。

ああ、面倒なことになってきた。マジでどうしたらいいんだ……。

剣士が痛み始めたこめかみを押さえると、翔太もいきなり頭を押さえて唸《うな》り声を発した。

「……うう……眩暈《めまい》がする……マズい、アイツが出て……くる……」

「翔太！」

剣士が肩を抱えたが、翔太は首をがっくりと落とし、寝入ってしまった。

「あら、大丈夫？　翔太さん、具合でも悪いの？」

「実はですね、いま体調を崩してまして……」

必死で言い訳をしようとしたら、翔太がむくっと顔を上げた。

栗色《くりいろ》の前髪の一部だけ白く変化し、目がらんらんと輝いている。

ヤバい！　この状況はヤバすぎる！

「あ――――っと、翔太、横になったほうがいい。二階に行こう！」

剣士が取った腕を、翔太は思い切り振り払った。

「おぃおぃおい！　さっきからなんでぃ、怖気《おじけ》づきやがって。全部聞いてたぜ、夢の中でよ。とっとと勝負しやがれってんだ！」

ああ、最悪なタイミングで出てきてしまった……。

この粗暴な男は、江戸時代の料理人・玄《げん》だ。

実は、翔太は剣士の家に伝わる金の盃《さかずき》を使ったせいで、盃に封印されていた玄の魂に憑依《ひょうい》されているのだ。寝ると玄になり、また寝ると翔太に戻る。そんな二重人格のような状態におちいっていたのである。

「どうしたのかしら？　翔太さん、さっきとは別人に見えるんだけど。髪の色も変わった気がするのよね……」

桂子は首を捻《ひね》りながら、バッグからメガネを取り出した。老眼鏡だ。

「き、気のせいだと思います！　あのですね、うちの料理人、やる気が出るとべらんめえ口調になっちゃうんです。クセみたいなもんでして……」

「その通りだ。俺の腕をなめんなよ！　お前さんが腰抜かすほどうめぇもん食わしてやる！」

翔太に取りついている玄は、桂子を睨みつけて断言してしまった。

あー、店の存続に関わる話なのに、マジ勘弁してくれよ……。

この場から逃げ出したくなった剣士の前で、老眼鏡をかけた桂子が意外な歓声をあげた。

「面白いじゃない！」

「へ？」と抜けたような声しか剣士には出せない。

「こんなに粋な若い人、今どきいないわよ。楽しくなってきたわ。じゃあ、明後日《あさって》。明後日のお昼にまた来るから用意しておいて。それでいい？」

「おう、任しとけ。うんと腹すかして来てくれや。腕が鳴るぜぃ！」

剣士が止める間もなく、玄が張り切って両の拳を握りしめる。

「おほほ」と、桂子は赤い宝石がきらめく手を口元に当てた。

「自らハードルを上げるなんて、本当に面白い人だわ。じゃ、楽しみにしてるわね」

笑顔だが目は笑っていないように見える桂子が、クルリと背を向けて店を出ていく。

おい、なんであんな大口叩《たた》くんだよ！　と玄に叫びたいのに力が入らない。

途方に暮れた剣士は、無言で桂子を見送ることしかできずにいた。

第1章　「江戸で最高ランクの豆腐百珍《とうふひやくちん》」

「ちょっと玄さん！」

桂子の姿が消えるや否や、剣士は玄とがっぷり向き合った。

「あ？」

「いつも言ってるけど、勝手に話に割り込まれると困るんですよ！　いきなりあんな啖呵《たんか》きっちゃって。桂子さんの話、本当に聞こえてたんですか？」

「おう、聞いてたさ。お前さんのお父《と》っつぁんがこさえた借金の話だ。あの婆《ばあ》さんを料理で満足させりゃあ、なんとかなるってことだろ。最近よ、わかってきたんだ。翔太に助けが必要になったときだけ、俺は夢で翔太の情況を見ちまうんだよ。ほら、試食会とかいう宴《うたげ》のときも、俺が翔太を助けたじゃねぇか」

確かに、二週間ほど前に行ったつきみ茶屋の試食会で、玄はピンチにおちいった翔太を助けていた。

即興で豆腐の江戸料理を作ることになった翔太が、うまく作れずに「玄！　オレを助けてくれ！」と叫んだ瞬間、自分の中からアドバイスを送る玄の声が聞こえたというのだ。その玄も、夢の中で翔太のピンチを感じ取っていたらしい。

「今日だってそうだ。オレに腕試しをさせてくれって、翔太が必死に頼んでただろ。黒船の異人みてぇな赤毛の婆さんによ。だから俺が助けに出てやったんだ。強引に翔太を眠らせてな」

「強引に眠らせた？　玄さん、そんなことできるんですか？」

「できるんだよ。翔太に問題が起きるとな。ああいう強気な婆さんにはよ、こっちもはったりかますのが一番利くのさ」

「はったり？」

「おぅよ。こっちが強気でいりゃ、相手はその勢いに飲まれちまう。案の定だ。あの婆さん、楽しそうな顔してたじゃねぇか。俺のはったりが利いたんだろうな」

「ってことは、まさか……」

剣士は、こみ上げる不安を抑えて問いかけた。

「玄さん、桂子さんにどんな料理を出すつもりなんですか？　ちゃんと考えてるんですよね？」

「ああ？　んなもん知るかよ」

「は？」

「お前さんと翔太が考えるんだな。なんとなく決めてくれたら俺も手伝うからよ」

「はあ――っ？」

「じゃあ、ちくっと寝るわ。いきなり翔太に起こされたようなもんだ。まだ眠くってかなわねえ。俺が眠りゃあ翔太が出てくるだろ。ふたりで相談しておくれ」

そう言って玄は「着物じゃやねえと動きづれぇな」と文句を垂れてから、チェックのシャツとジーンズ姿のまま、店の座敷《ざしき》席に上がって横たわった。

「ちょっと！　そんな無責任なこと言わないでよ！　玄さん、ねえ玄さん！」

グー、と音がする。速攻で寝てしまったようだ。

その清々《すがすが》しいほどの寝姿は、かつて『抱かれたいバーテンダーNo．1』と呼ばれたほど女性に人気のある見目麗《みめうるわ》しい翔太である。剣士も同じバーで働いていた時期があったため、翔太に絶大なファンがいたことはよく知っている。

しかも翔太は、いつか自分で店をやりたいと大学で経営学を学び、フレンチレストランのアルバイトで料理の腕を磨いた努力家。物腰も口調もスマートで、べらんめぇ口調になど絶対にならない男だった。

だが、剣士の家に代々伝わり、「絶対に使ってはいけない」と言われていた金の盃が、翔太の……いや、翔太と自分の運命を変えてしまったのだ。


剣士と翔太は、老舗料理店に生まれた跡取り同士だった。

剣士の実家は江戸末期に芸者遊びができるお茶屋として創業し、のちに小さな割烹となった神楽坂の『つきみ茶屋』。翔太の実家は神楽坂からほど近い街・小石川で、同じく江戸時代から続く老舗料亭『紫陽花亭《あじさいてい》』。

小学生の頃からの幼馴染であるふたりは、共に「家業は絶対に継がない」と決めていた。

翔太の場合、昔から両親と不仲だったのが、店を継がなかった主な理由だ。今は翔太の姉が婿養子を取り、店を手伝っている。

一方、ひとり息子だった剣士が店を継ぎたくなかったのは、親との仲が原因ではなかった。むしろ良好な関係だったし、亡くなってしまった今は、父母に対して敬愛と感謝の想いしかない。

それでも跡取りを拒んでいた主な理由は、幼い頃に包丁で手の平に深い傷を負って以来、自炊もできないほどの刃物恐怖症になってしまったからだ。そのため、料理人には絶対になれないと父親には言い続けていたし、刃物が置いてある店の厨房《ちゅうぼう》に入ることさえ苦痛に感じていた。

……そして、実はそれが、父に対する負い目にもなっていた。

そんなこともあって、剣士は両親が他界したあと、翔太と一緒に割烹を改装し、フレンチ風の料理とワインを提供するワインバーをやろうとしていた。

ひとり暮らしをしていた翔太は、この家の二階にある両親の部屋だった和室に引っ越して、ワインバーで提供するメニューを考えていた。剣士は、そのメニューに合うワインのセレクトに余念がなかった。ふたりはすでに、『ハーヴェスト・ムーン』という店名まで決めていたのだが……。

それを半ば強引に阻止し、『つきみ茶屋』のまま江戸料理の割烹として再開すべく剣士たちを導いたのは、ほかならぬ玄だった。

──ったく、やっぱり玄さんは迷惑な人だ。でも、どうしても憎めないんだよなあ……。

ふぅ、とため息を吐いた剣士の目前で、玄が寝言をつぶやいた。

「……お雪《ゆき》さん……。今日も別嬪《べっぴん》さんだ……」

うっすらと笑みを浮かべている。遥《はる》かな過去の夢でも見ているのだろう。

享年二十七だった玄には、自分の作った最高の膳を食べてもらいたい想い人がいた。

それが、剣士の祖先であるつきみ茶屋の二代目女将《おかみ》・お雪だ。

ここが『つきみ』という名のお茶屋だった頃、お雪は当代きっての人気女芸者だったという。出入り業者だった玄は、密《ひそ》かにお雪を慕っていた。

だが、座敷に仕出し料理を届けたとき、客だった武士に毒見を命じられた玄は、盃に仕込まれていた毒で絶命。お雪に想いを告げられなかったという未練が残り、成仏できずに魂を盃に封じられてしまったらしい。

それから百七十年以上ものときを経て、金の盃で酒を飲んだ翔太に憑依し、剣士の前に現れた玄。彼は剣士がお雪の子孫だと知った途端、一気に距離を縮めてきた。

両親を亡くしたばかりで弱気だった剣士の尻を叩き、とびきり旨《うま》い江戸料理を作ってみせ、老舗の暖簾を守ることの尊さを教えてくれた。

いつしか剣士だけでなく翔太も、破天荒だが凄腕《すごうで》の料理人である玄に魅了されてしまい、ふたりはワインバー計画を変更。『つきみ茶屋』は江戸料理の店として再オープンすることになったのだ。翔太の中にいる玄と一緒に。

だが、問題は山積みだった。

一番困るのは、どのタイミングで翔太が玄に変わるのか、完全にコントロールできないことだ。さっきのようにいきなり現れると、否《いや》が応《おう》でも剣士が振り回されてしまう。厄介だなと思うことは数知れない。

それでも、今の剣士たちには玄が必要だった。

なんだかんだ言っても、剣士は玄から刺激やパワーをもらっている。翔太は、玄が江戸料理を作るたびにそのレシピを感覚的に覚え、料理人としてのレベルを上げ続けている。

この三人、というか二・五人で、どうにかつきみ茶屋を守《も》り立てていこうと試行錯誤していた矢先に、想定外の借金問題が勃発《ぼっぱつ》してしまったのだ……。

ぼんやりと考え事をしていた剣士の前で、翔太がゆっくりと目を開け、起き上がった。

「あー、頭が痛い。玄が出てくるときはいつもこうだ」

額に手を当てる翔太。白かったひと房の前髪は、元の栗色に戻っている。

「なんかさ、玄さん進化してるみたいなんだよね。自分が出たいから翔太を強引に眠らせた、って言ってた」

「やっぱりな。急に睡魔に襲われたから、そんな気がしたんだ。アイツ、桂子さんにべらんめえ口調で言ったんじゃないか？　お前さんにうめぇもん食わしてやる！　みたいな」

「さすがだな、翔太。その通りだよ」

「ああ、玄の行動パターンはだいたい想像がつく。夢というカタチでぼんやりと見ることもあるしな」

「でもね、桂子さんはよろこんじゃったんだ。『こんなに粋な若い人、今どきいないわよ』とか言っちゃって。玄さんも『腕が鳴るぜ』とか意気込んじゃってさ。で、桂子さん、明後日の昼にまた来ることになった。僕たちが用意する料理を食べにね」

「それで、どんな料理を出すつもりなんだ、玄は」

「それが……僕と翔太に任せるって」

なんだそれは、と翔太が頭を抱えた。

「煽《あお》るだけ煽って、あとは人任せか。ったく、いい加減だよな、玄ってヤツは。アイツがオレの祖先だと思うと辛《つら》くなってくるよ」

実は、玄は翔太の先祖に当たる人物だった。江戸時代に玄が兄と構えた小さな料理屋が、『紫陽花亭』の初代店なのだ。

玄いわく、「自分の魂は、血族にしか憑依できない」らしい。金の盃を使ったのが子孫の翔太だったから、今でもガッツリ取りついているのである。

玄を翔太から引き離すには、〝翔太が再び金の盃を使って玄の魂を封じ込める〟か、〝玄がこの世に満足して自然に成仏する〟のか、ふたつのどちらかしかなさそうだった。

その怪しい力を秘めた盃は、今も剣士の家の物置で厳重に保管されている。

「……でも、玄には助けてもらっているから、無下《むげ》にはできないんだよな」

翔太が苦い顔つきでつぶやく。

「オレはこのあいだ、もう一度あの盃で酒を飲んで玄を封じ込めようとした。だけど、どうしてもできなかった。剣士が玄に好意を感じているのは知っていたし、ここを江戸料理の店にするのなら、玄の腕や知恵が必要だと思ったからだ」

「うん。翔太がそうしてくれたとき、正直うれしかった。翔太が大変な思いをするのはわかってたけどさ。玄さんをまた盃に閉じ込めるのは忍びなかったんだ。酷《ひど》い亡くなり方をした人だから、この世に未練がなくなるまで存分に料理を作ってほしいって、本気で思っちゃったんだよね」


玄自身は「武士の毒見で死んだ」と思っているのだが、真相は違う。

実は、その武士はうさばらしのために自ら盃に毒を仕込み、わざと料理人に飲ませていたというのだ。何人も犠牲者がいたらしい。

そんな伝承が、紫陽花亭を継いできた風間家の子孫たちに脈々と伝わっていたのである。

要するに玄は、無差別殺人の被害者だったのだ。

だが、その事実だけは玄に知らせないようにしている。なぜなら、「自分がお偉い武士の命を救ったから、開国して発展した今の便利な日本がある」と、玄が信じ込んでいるからだ。

「お前は人がいいからな。その気持ちは理解できるよ」

「翔太だって、本当は僕と同じ気持ちだったんじゃないの？」

「……まあ、それは否めないが、メリットがあるから我慢している部分もある。玄が思い残しをなくして、心置きなく成仏してほしいと強く願うよ」

翔太がやんわりと微笑む。

やさしくて強い男だな、としみじみ思う。もし、取りつかれているのが自分だったら……。寝ると別人になってしまい、その別人が何をしでかすのかわからなかったら……。耐えられないかもしれない。

だけど、翔太は玄を受け入れようと努力しているのだ。そんな彼のために、もっと自分がサポートしていかないと。玄さんの暴走を止めて問題を起こさないように、もっと注意しよう。

剣士は、そう心に誓っていた。とは言え、なかなか上手《うま》くいかないことも多いのだけれど——。

「さて、と。紅茶でも飲んで作戦会議するか」

翔太が座敷席からカウンターに移動する。カウンターの奥が厨房となっており、簾《すだれ》で隔てられている。

「あ、僕が淹《い》れるよ。ストレートでいい？」

「んー、レモンティーがいいかな」

「……ごめん。作ってくれたレモンスライス、ちょっと前に切れたから……」

「いや、大丈夫だ。レモンスライスのハチミツ漬け、また作り置きしておいたんだ。それを使うから問題ない。剣士に刃物を使わせたりしないよ」

剣士の肩に手を置いてから、翔太は冷蔵庫に向かっていった。

つきみ茶屋再開の準備を経て、刃物を見たり触ったりすることはできるようになった剣士だが、何かを切るのだけはいまだに無理だった。切るのを見ていると、まだ残る手の平の傷痕が酷く疼《うず》くのだ。気のせいだとはわかっていても、これぱっかりは仕方がない。

厨房でダージリンティーを淹れて、カウンターに戻った。翔太のマグカップは、彼が持ち込んだ繊細なウェッジウッド。自分のは何かのオマケでもらった、何の変哲もない白いカップだ。

「問題は、桂子さんに何を作ればいいのか、だな」

レモンスライスのハチミツ漬けを紅茶に入れながら、翔太が口火を切った。

「敵を倒すには、まず敵を知ることだ。剣士、あの人について知ってることを話してくれ」

「この辺じゃ知らない人なんていないくらいの大金持ちだ。地主で貸しビルやら賃貸マンションやらをたくさん持ってる。旦那さんはとっくに亡くなってるけど、悠々自適に貸しマンションのペントハウスで暮らしてるらしい。趣味は海外旅行とグルメ。世界中の美食を知り尽くしてて、江戸料理も専門店で何度も食べてるそうだ。かなり手強《てごわ》い相手だと思う」

「つきみ茶屋では必ず茶碗蒸しを食べてた。そう言ってたよな。季節の茶碗蒸し」

「ああ、茶碗蒸しはうちの親父《おやじ》の得意料理だったんだ。春は桜エビとシラス、夏は鱧《はも》とウニ、秋はサーモンとイクラ、冬はあん肝と白子。それに季節野菜を入れたりして。上から青海苔《あおのり》入りの葛餡《くずあん》をかけることもあったかな」

鰹節《かつおぶし》と昆布を贅沢《ぜいたく》に使った白出汁と、こし器で滑らかにした卵液のクリーミーな茶碗蒸し。幼少期は偏食気味だった剣士も、父の茶碗蒸しだけは大好物だった。もう二度と食べられない、愛情に満ちた親の味……。

若干センチメンタルになった剣士に、「それがヒントにならないか？」と翔太が身を乗り出した。

「剣士の親父さんの味を再現するんだ。……いや、それは到底不可能だな」

自分の思いつきに、秒速で自らダメ出しをする。

「同じ味にはできないだろうし、できたところで比較という色メガネがある限り、認めてはくれないだろう。人の味覚は案外いい加減なんだ。誰が作ったのかによって、料理の味も違ってくる。たとえ完璧に同じ味だったとしても、同じとは認識しないものなんだ。むしろ、かつてのつきみ茶屋では出してなかった料理でトライすべきだろうな」

「じゃあ、やっぱり江戸料理がいいんじゃないかな？　このあいだの試食会で出した献立。〝菊の花びら、タラバガニ、蔓紫《つるむらさき》の胡麻酢和《ごまずあ》え〟とか、〝猪《いのしし》ロースの塩麴《しおこうじ》漬け焼き〟とか。あと、トロの刺身に熱い味噌汁《みそしる》をかけた〝から汁〟とかさ。かなり評判がよかったから」

江戸時代のうんちくを解説しながら出した料理の数々。九月九日の〝菊の節句〟にちなんだ料理は、珍しさもあって試食会に来てくれた客から喝采《かっさい》を浴びていた。

「うーむ、それもアリなのだが……。そうだ剣士、桂子さんに苦手な食材やアレルギーがないか聞いておきたい。万が一、苦手なものを出してしまったら、そこでアウトになりそうな気がする」
「確かにそうだ。さっきは聞きそびれちゃったよ。玄さんがはったりかましてたから
パニクっちゃって。僕が連絡してみる」
桂子が置いていった名刺を取り出し、店の電話を使おうとしたそのとき、入り口の
引き戸が開く音がして、「すみません」と小さな声がした。
小柄な女性が立っている。サラサラのセミロング、ゆったりとした黄緑色のニット
に、紺色で膝丈のフレアスカート。ヒールが低めのパンプス。
化粧はごく薄めの、「うら若き乙女」とでも呼びたくなるほど可憐《かれん》な容姿をした若
い女性だ。
「ごめんなさい、店はまだ営業してないんです。間もなく新規オープンの予定なんで
すけど……」
たまに『旧・つきみ茶屋』の閉店を知らない客が訪れることがあるので、剣士がそ
う言いながら近寄ると、彼女は「承知してます」と容姿に似合う愛らしい声で答え
た。
「……あの、うちのお婆様《ばあ》が、こちらに来たと思うのですが」
「お婆様？」

「はい。わたし、橘桂子の孫です。橘静香《しずか》と申します」

桂子の孫娘、だと？

想定外の来客に、思わず剣士は翔太と顔を見合わせたのだった。

◆

静香をカウンターに座らせ、日本茶を出してから、剣士と翔太はカウンターの中に立って彼女の話を聞いた。

「お婆様、イギリスから帰国したばかりなんですけど、あちらで親しい方ができたようで、またすぐイギリスに戻るって言うんです。日本にいるあいだにお金を貸してる人たちを訪ねて、回収しようとしてるみたいで……」

「ここにいる剣士も、親父さんの借金の全額返済を求められました。その件で静香さんも来られたんですか？」と翔太が穏やかに問いかける。

静香はやや眩《まぶ》しそうに翔太を見つめ、照れたように目を伏せた。

なんか、可愛《かわい》いな。照れた感じが初々しい。

剣士は老獪《ろうかい》な桂子とは似ても似つかない清楚《せいそ》な静香に、急速に興味を引かれていた。

「はい。お婆様から聞きました。今日取り立てに行くって。だから心配になって来ちゃったんです」

「心配？　なんで僕らを？」

すかさず剣士も疑問を投げかけた。

「つきみ茶屋は、わたしが中学生の頃からお婆様に連れてきてもらっていたお店なんです。受験合格、高校卒業、二十歳の成人式……。わたしに祝い事があるたびに、ここでお婆様と食事をするのが恒例になってました。家族全員じゃなくて、ふたりだけで。自分が大人になったような気持ちになれるその時間と、飛び切り美味しい和食が大好きでした。お婆様とわたしにとって、ここは思い出のお店なんです。……だけど、閉店してしまったんですよね」

「ええ、うちの両親が亡くなってしまいまして。でも、もうすぐ再オープンする予定なんです。僕たちふたりで」

「知ってます。剣士さんと翔太さん、ですよね。タッキーさんのブログで見ました」

「タッキーさんが僕たちの記事を？」

剣士は驚いた。有名グルメブロガーのタッキーこと滝原聡《たきはらさとし》。試食会に参加してくれた彼は、確かにこの店を「ブログで紹介しておく」と言ってくれたのだが……。

「はい。わたし、タッキーさんのブログ、よく見てるんです。おふたりのこと、褒《ほ》めてましたよ。『両親が遺《のこ》した老舗の料亭を、ひとり息子が新装オープン。若きオーナーと料理人、青年コンビが挑む本格江戸料理』って、写真つきで。オープンしたら絶対に行きたいって思ってました。でも、お婆様が取り立てに行くって言ったから、嫌な予感がしたんです。オープンの準備中なのに、お婆様が無理を言って困らせてしまうんじゃないかって。わたしの取り越し苦労ならいいんですけど……」

心配そうな表情の静香。剣士は反射的に「困ってます」と言ってしまった。

「実はかなり困ってるんです。しかも、料理の腕試しをすることになっちゃったから、どうしたらいいのか見当がつかなくて……」

つい本音を吐露《とろ》してしまった剣士を、翔太が「おい」と窘《たしな》めたが、静香は「腕試し？　どういうことですか？」と尋ねてくる。

その真摯《しんし》な視線を受けて、剣士は事情を説明した。翔太が腕試しを提案したこと、明後日の昼に桂子のために作った料理を出すことになったこと。

ただし、玄のことには触れずにいたのは言うまでもない。

「――つまり、翔太さんの作ったお料理を気に入れば、返済を待ってもいい。お婆様はそう言ったんですね？」

聡明《そうめい》そうな静香は、すぐに状況を把握してくれた。

「そういうことになりますね。今、何をお出しすればいいのか、翔太と相談していたところだったんです」

「わたしがお手伝いします！」

間髪いれずに静香が助太刀を買って出る。

「それはありがたいです。本当にありがたい」

藁《わら》にもすがる思いで剣士は礼を述べた。

「お婆様の好みはだいたいわかってるつもりです。剣士さんたち、真剣にお店をやろうとしているのに、弄《もてあそ》ぶようなことをするなんて……。ホント困っちゃいますよね、うちのお婆様」

ふー、とため息をついてから、静香は言葉を重ねた。

「実は、うちの両親も叔父夫婦も、お婆様から距離を置いてましたして。昔は仲が良かったのに……。あ、すみません、話が逸《そ》れちゃった」

「いえ、構いませんよ。よろしければお話、聞かせてください」

翔太が声のトーンを落とした途端に、その場の空気が変化した。

「オレたち、前は同じバーで働いていたんです。お客様がほかでは言えないことを、そっと話してうさを晴らしていただく。それがバーテンダーの役割でしたから」

カウンター席に座る静香、カウンター内に立つ剣士と翔太。それはバーの構図と同じで、静香の飲む冷めたお茶がカクテルのように思えてくる。

「じゃあ、ちょっとだけ話しちゃおうかな」

「どうぞ。ああ、お茶のお代わりを淹れましょう」

目配せをされて、剣士はあわてて新しいお茶の用意をする。

「あと、頂き物の最中《もなか》があったな。栗《くり》餡と抹茶餡の最中。静香さん、最中はお好きですか？」

「はい。大好きです」

そうだ、老舗和菓子店の最中があったんだった。これまた翔太に促されて、二種類の最中をお茶と一緒に出す。やっぱり翔太はどんなシチュエーションでも気が回るよな、と感心しながら。

「栗餡と抹茶餡、両方とも召し上がってみてくださいね」と言った剣士に、「なんかすみません」と静香は申し訳なさそうに肩をすくめた。

「気になさらないでください。わざわざ心配して来てくださったお礼です」

落ち着いた翔太の佇《たたず》まいは、人気バーテンダーだった頃のままだ。

カクテル作りが上手く、会話も決してでしゃばらない聞き上手。しかもスーツが似合う長身のイケメンとあって、追っかけ的な女性ファンも多かった。破天荒な玄に変化すると、女性から奇異な視線を注がれてしまうのだが。

「――はぁぁ、お茶も最中も美味しいです……」

淹れたてのお茶と最中で口が滑らかになった静香は、ポツポツと打ち明け話を始めた。主に翔太に向かって。


静香いわく、暇つぶしに海外を飛び回り、カネを浪費する祖母の桂子は、そのキツい性格もあって橘一家から孤立しているらしい。自分を心配するふたりの息子とその妻たちに対し、「遺産目当てで自分を懐柔《かいじゅう》しようとしている」と決めつけ、遠ざけているそうだ。

静香の父である長男の良一《りょういち》と次男の正次《まさつぐ》も、亡き祖父の遺産である橘家の土地で不動産業を営んでいる。ふたりとも小さなオフィスビルや貸し店舗を多く所有しているのだが、数年前に流行《はや》った新型ウイルスのせいで店子《たなこ》の撤退が相次いだため、経営は悪化している。

間もなく七十七歳になるという桂子はタニマチ気質なところがあり、これと思う店や人を見つけたら惜しまずカネを使うらしいが、息子たちには厳しい態度を取り続けているらしい。

住まいは自分が所有する賃貸マンションのペントハウス。そこでひとり暮らしをする桂子と、家族の中で一番仲がいいのが静香なのだという。

「お婆様、どんどん頑固になっちゃって。わたしのことは可愛がってくれるんですけど……」

静香は外国語大学に通う三年生。「少子化の日本に未来はない、グローバルに活動するべし」との考えを持つ桂子は、大学で英語と中国語を学んでいる孫娘に期待をかけているようだった。

そんな桂子の考え方は静香の両親にも影響を与えており、まだ小学生である静香の歳《とし》の離れた妹も、小・中・高一貫のインターナショナルスクールに通っているそうだ。

「……わたし、お婆様の変わりようも心配なんです。以前のお婆様だったら、剣士さんの事情を知っているのに、無理な取り立てなんてしなかったと思うんですよ。それが、いきなり意地悪な取り立てをしに来るなんて……」

悩ましげな表情をしてから、静香は口元を引き締めた。

「でも、言い出したら聞かない性格なので、腕試しはやらないといけないでしょうね。だから、わたしがおふたりに協力します。明後日はわたしもお婆様と一緒に来ますから、フォローさせてください」

そう言って話を終わらせた静香に、翔太が丁寧に頭を下げた。

「静香さん、ありがとうございます。今のお話の中にヒントがありました。桂子さんにどんな料理を作ったらいいのか、決断できそうです」

「へぇ？」と呆《ほう》けたような声を発したのは剣士だった。

「なんだよ翔太。どこにヒントがあったんだよ？」

「わたし、お料理のことなんて何も言ってませんよね？」

静香も首を傾《かし》げているが、翔太は確信を持った表情で続ける。

「ひとつだけ質問させてください。桂子さんには苦手な食材やアレルギーがありますか？」

「いえ、健啖《けんたん》家なのでなんでも大丈夫です。アレルギーも特にないですし。ただ、最近は歳のせいか、食が細くなってきてますね。トンカツとか、油っこいものは少しで十分だって言ってます」

「では、静香さんは？」

「わたしもお婆様に似たのか、好き嫌いもアレルギーもないんです。トンカツだってステーキだって、ペロッと食べちゃいます」

「わかりました。では、桂子さんにお出しする料理は……」

そこまで翔太が言ったとき、店の格子戸から勢いよく誰かが入ってきた。

「翔ちゃーん。お客様をお連れしたわよー」

芸者姿の見目麗しい女性。年齢は三十代前半くらい。翔太のバーテンダー時代からのファンである、アルバイト芸者の藤原蝶子《ふじわらちょうこ》だ。先日の試食会にも芸者姿で参加し、翔太の料理を褒《ほ》め称《たた》えて場を盛り上げてくれた、剣士たちの恩人でもある。

「お客様？」

客が来る予定などなかったので、翔太が眉をひそめる。

「そう、翔ちゃんたちの陣中見舞い。ねえ、たっちゃん」

「たっちゃん？」

剣士も戸惑ってしまった。たっちゃん、などと蝶子が呼ぶ客に、心当たりはなかったのだが……。

「お邪魔しまーす」

なんと、艶《あで》やかな朱色の着物を着た蝶子の後ろから、グルメブロガーのタッキーが顔を覗《のぞ》かせた。

「あれからどーよ。店の準備はうまくいってるわけ？」

丸メガネをかけたタッキーは、素人目にも高そうなスーツを着込んでいる。小柄なので七五三の衣装のようにも見えるのだが。

「蝶子さん、タッキーさん。なんでおふたりが？」

戸惑う剣士に、蝶子はウィンクをしてみせる。

「たっちゃんね、あたしの新橋のお店に来てくれたの。今日は同伴出勤もしてくれるんだ。たっちゃん、ありがと」と、タッキーの腕にしなだれかかる。

試食会で隣り合わせになったふたりが意気投合していたのは知っていたが、あれから二週間しか経《た》っていないのに仲睦《むつ》まじい。しかも、蝶子は「タッキーさん」と呼んでいたはずなのに、「たっちゃん」と呼び方まで親しげになっている。

「そう。ボクさ、試食会で知り合ってから蝶子さんの料亭に行きたくなっちゃって。で、行ったら味もサービスもいいわけよ。三ツ星クラス。もう通うっきゃないっしよ、って感じ？」

デレデレの笑顔で答えるタッキー。童顔だけど、おそらく歳は蝶子より上。三十代半ばといったところか。料理の知識も豊富な売れっ子グルメブロガーで、彼が星をつけた店は繁盛すると、もっぱらの評判だった。

「……で、そこにいらっしゃる愛らしいお嬢さんはどなた？　まさか、翔ちゃんのファンだったりしないわよね？」

蝶子がやや引きつったように微笑み、先ほどから声が出せずにいる静香を見つめている。

「そんなんじゃないよ。こちら、大学生の橘静香さん。うちのお客様のお孫さんで……、今度イベントを手伝ってもらう予定なんだ」

「なに？　なんのイベント？　オープン前にまた試食会でもするの？」

追及する蝶子の前で、翔太は少し困った顔で黙り込んだ。どこまで事情を説明するべきか、迷っているのだろう。

「あの……わたし、こちらでアルバイトをさせてもらおうと思ってるんです」

いきなり静香が口を開いた。

え？　と剣士も翔太も静香を凝視する。

「バイト？　バイトさんって、雇うのやめたんじゃなかったっけ？」

仕事の行き帰りにしょっちゅう店に顔を出す蝶子は、つきみ茶屋の現状をほぼ把握していた。

当初はバイトを雇うつもりでいたのだが、先方の都合で取りやめになってしまった。けれど、店は完全予約制で献立もひとつだけ。一汁三菜の箱膳料理を週替わりで出す予定なので、店が軌道に乗るまでは翔太とふたりでも回していけそうだと考え直していたのだ。玄もいることだし、他人を入れるのは様子を見てからにするつもりだったのだが……。

「わたし、昔からこのお店が大好きで、新規オープンも楽しみにしてたんです。うちからも近いから、週に四日くらいバイトに入れないかなって、剣士さんと翔太さんにお願いしてたんです。ですよね、剣士さん？」

静香はしきりに瞬《まばた》きをしている。

なるほど、と剣士は察した。店の借金問題を話さずに済むように、気を遣ってくれているのだ。

「そうなんですよ」と剣士も調子を合わせる。

「やっぱり人手はほしいから、静香さんに入ってもらえたらなって思ってたんです。

まだ確定じゃないんですけどね」

「ふーん」と品定めをするように静香を眺めた蝶子は、「ねえ、うちの料亭もアルバイト募集中なの。芸者のバイトに興味があったらうちにおいでよ。可愛い女の子大歓迎だから」と屈託なく言った。

「おいおい蝶子、うちのバイト候補を横取りする気か？　勘弁してくれよ」

翔太も調子を合わせてくる。

「やだ翔ちゃん。あたしが翔ちゃんの邪魔なんてするわけないじゃない」

うっとりと翔太を見つめる蝶子。

それをやきもきしながら見ていたタッキーが、憤慨した表情で声を張りあげた。

「あのさあ、ボクのこと放置しないでくれる？　せっかく陣中見舞いに来てあげたんだからさあ」

「ああ、タッキーさん。申し訳ありません」

剣士が駆け寄ると同時に、静香もタッキーに近寄った。

「ブロガーのタッキーさんですよね。いつもブログ拝見してます。つきみ茶屋の記事、すごく面白かったです。江戸料理について解説もされていて、読み応えがありました。ここでお会いできるなんて光栄です」

嘘《うそ》ではないのだろう。静香は瞳を輝かせている。

「あー、っと。それはどうも。じゃあさ、キミもボクの陣中見舞い、食べていきなよ」

見違えるような笑顔になったタッキーは、脇に抱えているクーラーボックスを差し出した。

「タッキーさん、そんなことしていただくわけには……」

遠慮した剣士に向かって、タッキーはニンマリと笑った。

「陣中見舞いって言ってもさ、中身は豆腐なんだ。最上級の木綿豆腐。これで板さんに作ってもらいたいんだよね、豆腐百珍《とうふひやくちん》の〝油揚《あげ》ながし〟。ほかに必要な材料も入れてあるからさ」

「あげながし？」と剣士が疑問形で受けると、タッキーはスタスタとカウンター内にいた翔太の元へ行き、クーラーボックスを手渡した。

「ほら、ボクが最初にここに来たとき、豆腐百珍の料理出してくれたじゃん。それに、試食会でも作ってたよね、〝結び豆腐〟。あれ、客のリクエストに応えて即興でやってたでしょ？　だからさ、ボクにもまた作ってほしいんだ。豆腐百珍は、豆腐の料理法をしたためた江戸時代のレシピ本。家庭で作ってた〝尋常品〟から、〝通品《つうひん》〟〝佳品〟〝奇品〟〝妙品〟。それに最上級の調理法を記した〝絶品〟まで、レシピに格付がされてたんだよね。〝油揚ながし〟ってのは、その絶品にランクされてた最高クラスの料理。どうしても食べてみたくってさ」

饒舌《じょうぜつ》なタッキーを前に、翔太は無言のままクーラーボックスを開けて、中を覗き込んでいる。

「板さん、豆腐料理のプロじゃん。『豆腐百珍』は続編も合わせると二百以上もの豆腐レシピが載ってる。それ、全部作れるって前に豪語してたよね？　急な頼みで申し訳ないんだけど、前からめっちゃ興味あったんだよね、油揚ながし。どうせなら蝶子さんと一緒に食べてみたくてさ。ダメかな？」

期待に満ちた視線を翔太に注ぐタッキー。その表情には悪意など微塵《みじん》もない。翔太は豆腐百珍の料理を熟知していると、本気で信じているのだ。

だが、タッキーは知らないのである。

江戸時代の豆腐料理を見事に再現してみせたのは翔太ではなく、翔太に憑依していた玄であることを。

翔太だって豆腐百珍は調べてあるので知識としてはあるし、江戸料理の腕もめきめきと上達している。だが、さすがに〝油揚ながし〟などという聞き馴染みのない料理など、作ったことがないはずだ。

「ごめんね翔ちゃん。たっちゃんがここで豆腐料理を食べてから同伴したいって言ったの。オープン前だし無理だよって言ったんだけど、翔ちゃんなら絶対やってくれるって信じてるみたいで。だから、あたしからもお願い。油揚ながしってお料理、作ってもらえないかな?」

蝶子も玄の存在には気づいていない。この店で出す江戸料理は、すべて翔太が作っているのだと思い込んでいる。

「油揚ながし、か……」

今日二度目のピンチを迎えた翔太が、クーラーボックスに視線を落とす。

静香も含めた全員が、その姿を見つめている。

剣士もなす術《すべ》がない。ヤバい、どうしたらいいんだ……。

店内の古い柱時計だけが、チクタクと音を鳴らしている。

「——じゃあ、一丁やったるか。ちょいと待たせっけどな。それでもいいのかい?」

うわ、いきなり玄が出てきた!

と思った剣士だが、前髪は白くなっていない。

まさか、翔太が玄の口調をわざと真似《まね》しているのか？

「よっ、待ってました！　江戸料理の達人！　急に江戸弁になるのが面白いんだよなあ。それっぽくて」

タッキーがよろこんで手を叩く。

「時間はまだまだ大丈夫。翔ちゃん、ありがとう！　無理を聞いてくれて本当にありがとうね」

蝶子が潤《うる》んだ目で感謝している。おそらく、自分の客となったタッキーが行きたいと駄々をこねた結果として、不本意ながらここに連れて来ることになってしまったのだろう。

それにしても、タイミングが悪すぎる。

タッキーは有名グルメブロガー。機嫌を損ねたら店の評判を落とされてしまうかもしれない。これからが勝負のつきみ茶屋にとって、いろいろとやっかいな相手なのだ。本人は純粋に、豆腐百珍の料理を食べたいだけなのだろうけど。

しかも、大変な借金問題が勃発した矢先なのである。借主の桂子にどんな料理を出すつもりなのか、翔太の考えをまだ聞いていない。協力してくれるという静香だって、帰るに帰れない状況になっている。

「剣士、手伝ってくれ」

クーラーボックスを抱えた翔太が、厨房に入っていく。

ああ、どうにかしてこの場を早く収めてしまいたい。

神様、どうか僕らを助けてください……。

剣士は祈るような気持ちで、厨房へと消えた翔太のあとを追った。

◆

「翔太、本当に大丈夫なのか？　油揚ながしなんて料理、作れるの？」

厨房に入るや否や、剣士は翔太に問いかけた。

「作ったことなんてないし、作る自信もない。でも、あの状況では断れないだろ。タツキーはオレの腕を信じてるし、蝶子の顔もつぶすわけにはいかない。それに、これを見てくれ」

翔太がクーラーボックスの中を見せてくる。パック入りの豆腐、生山葵《わさび》、白胡麻《ごま》、胡桃《くるみ》の実、葛の粉、荏胡麻油《えごまあぶら》の容器。そして……紙幣らしきものが入った茶封筒。

「うわ、もしかして現金も入ってる？」

「ああ、十万円」

「マジか……」

「オレに只《ただ》で料理を作らせるほど、タッキーってヤツは野暮な男じゃないからな。それに今は少しでもカネが必要な緊急事態だ。だから、玄の口調をわざと真似ておいた」

「玄さんの江戸弁を？　どういう意味だ？」

「とりあえず、寝る」

「えっ？」

目を見張る剣士にはお構いなく、翔太はスマートフォンを取り出しイヤホンをつけ、厨房の隅にある椅子に座った。

「ちょっ、翔太、何してんだよ？」

「ヒーリング音楽だ。オレはこれを聴けばすぐ眠れる。寝たら玄を出して料理を作らせてくれ。そのために、わざとべらんめえ口調になっておいたんだ。オレが江戸料理を作るときは、つい江戸弁っぽい話し方になってしまう。当時を味でも態度でもリアルに再現したいからだ。皆にそう思わせれば、急に玄に変わっても違和感がなくなるだろう」

翔太は目を閉じて深呼吸をしたが、すぐにまた目を開いた。

「そうだ、流し台の横にヘアバンドが置いてある。こんなときのために用意しておいた。玄は前髪が白くなるからな。誤魔化《ごまか》すためにかぶせてやってくれ。本当は二階で和帽子と作務衣《さむえ》に着替えたいが、その時間がもったいない」

「わ、わかった」

「それから……」

翔太はメモ用紙に何かを書いてシャツの胸ポケットに入れ、「玄に伝えてくれ。ここに入れた紙を見るようにと。じゃあ、お休み」と早口で言い、再び目を閉じてしまった。

おい！　と翔太に説明を求めたいのは山々なのだが、早く玄にチェンジしてもらわないと問題が解決しない。

剣士は眠りについた翔太から、厨房に持ち込んだタッキーのクーラーボックスに視線を移した。とりあえず、中から材料を取り出してみる。

豆腐、生山葵、白胡麻、胡桃の実、葛の粉、荏胡麻油。これだけで絶品ランクの豆腐料理が作れるのか……？

「剣士くん、ごめーん。たっちゃんがお茶飲みたいんだって」

蝶子の声がしたので「はい、今ご用意します！」と答える。

ったく、勝手にやってきて豆腐料理と茶をせがむとは、いかにも傍若無人《ぼうじゃくぶじん》なタッキーらしくて怒りすら湧いてこない。

三人に煎茶を出しに行くと、静香がタッキーにグルメ話をせがんでいた。

「タッキーさん、今までで一番珍しかったお料理ってなんですか？」

「そうだなあ……。やっぱ熊の手、かな」

「えええ――――？　熊？　熊の手なんてどうやって食べるの？」

蝶子が大げさなくらいのリアクションをする。こうして場を盛り上げるのが彼女の接客術なのだ。

「ボクが食べたのは煮込み。会員制の高級中華店で出してくれたんだ。食感は豚足っぽくてゼラチン質が多いんだけど、味はしっかり肉なんだよね。豚肉に近いかな。熊の手ってのは、中国の宮廷料理として皇族たちが好んでいた高級食材で、〝満漢全席《まんかんぜんせき》〟なんかでも有名だよね。今は出す店なんて滅多にないから、めっちゃ高かったけど」

「熊の手の煮込み。確かに珍しいお料理ですね。ちなみに、いくらくらいあれば食べられるんですか?」

　静香の質問に、タッキーが「ひと皿十五万くらいだったかなあ」とさらりと答える。

「えええっ！　そんなに？　たっちゃんってば、そんな高級料理まで食べてるんだ。すごいじゃない！」

「さすがですねえ」

「まあ、グルメ本が立て続けにベストセラーになったからね。食事代は取材の経費にもなるしさ」

　女子ふたりのあいだで鼻を膨《ふく》らませているタッキーを横目で見てから、厨房に戻った。イヤホンを外した翔太が、椅子から立ち上がっている。

「どうしたんだい、剣士。またなんか問題でも起きたのかい?」

　前髪の一部が白くなっている。玄だ！

「玄さん！　玄さんが出てくるの待ってたんですよ！」

「おう。また夢で感じちまったよ。翔太、焦ってただろ」

「そう、大問題が起きたんです！　玄さん、豆腐百珍の〝油揚ながし〟って料理、作れますか?」

「……油揚ながし？　油揚ながし……。はて、どんな料理だっけなぁ？」

「えっ？　まさか作れない!?」

「いや、頭がぼんやりしちまって、いまひとつ思い出せねぇんだ」

こめかみを押さえる玄。剣士はパニック寸前になりつつも、クーラーボックスから取り出した材料を玄に見せた。

「豆腐、生山葵、白胡麻、胡桃の実、葛の粉、荏胡麻油。豆腐百珍の中でも絶品に位置する料理だって、タッキーさんが言ってました。あ、今、タッキーさんと蝶子さんが来てるんです。タッキーさん、どうしても翔太、つまり玄さんに作ってほしいって、材料まで持ち込んできたんですよ。思い出してくださいよ！」

「胡桃、葛、荏胡麻油か……。おお、思い出したぜっ」

玄は流しで手を洗い、まな板と包丁を取り出した。

う、やっぱり包丁が動くところは見たくない、と瞬時に思った剣士だが、そんなことを考えている場合ではない。

「玄さん、作れるんですね？　油揚ながし」

「もちろん作れるさ。豆腐百珍の料理は全部作れるんだって、前に言っただろ。続編まで全部な。すぐ仕度してやっからよ、ちょいと待ってろや。おっと、その前に着物に着替えてもいいかい？」

「時間がないんです！　お願いだから、そのままやってください」

「ちっ、やりづれぇなぁ。男は着物にふんどしだって、いつも言ってるだろ。ふんどしじゃねえと、股間が締めつけられて動きづらいんだよ。翔太にも言っといておくれよ」

ぶつくさ言いながらも玄はジーンズの上から前掛けを締め、シャツの腕をまくって調理を始めた。その背中を見ながら、剣士は安堵《あんど》のため息を吐く。

やっぱりこの人、いざとなったら頼りになるよ！

いつもはいろいろとめんどくさいけど。

「剣士、葛の粉を入れるから湯を沸かしておくれ。そのくらいはできるだろう？」

「了解！」

小鍋を取り出して水を入れ、ガスレンジに置いて火を点《とも》す。

「それにしてもよ、老舗料理屋の跡取りが刃物恐怖症なんて、皮肉なもんだよなぁ」

まな板に豆腐を載せながら、玄が文字通り皮肉を言う。

「またその話？　玄さんだって酒飲みなのに盃が怖いなんて、ホント皮肉ですよね」

いつものように言い返す。

　玄は金の盃に仕込まれた毒で死んだため、〝どんな盃も怖くて使えない〟という、盃恐怖症になってしまっていた。それが純金でコーティングされた禁断の盃ではなくても、盃の形をした器が恐ろしいらしいのだ。

「俺はだいぶ慣れてきたって言っただろ。もう見るのは大丈夫だ。盃で酒を飲むのだけは勘弁だけどな」と言いながら、棚に重ねてある漆の盃に視線を走らせる。だが、すぐに顔をしかめて目を逸らしてしまった。

「それって、刃物を見るのだけはできるようになった僕と一緒です。まだまだ恐怖症は克服できてないじゃないですか」

「この減らず口が」

「お互い様ですよ。――あ、そうだ」

　剣士は翔太に言われたことを思い出した。

「玄さん、このヘアバンドをしてください」

「あ？　へあばん？」

「髪の毛を束ねる布です。玄さんがいつもしてる、ねじり鉢巻きの代わりですよ。ちょっと失礼」

　玄の頭に布製の黒いヘアバンドをつける。いい感じに白い前髪が隠れた。

「おう、へあばんも悪くねぇな。鉢巻きより締めるのが簡単だ」

まんざらでもなさそうな顔で玄が言う。

さすが翔太だ。いつ玄になってもいいようにヘアバンドを用意しておいたとは。しかも入れ替わっても違和感がないように、本来なら似合わない江戸弁まで言ってのけたのだ。——翔太、天才かよ！

「蝶子が待ってんだろ。とっとと作るぜぃ！」

なんという緊迫感のなさ。無邪気な図々《ずうずう》しさで剣士たちを江戸料理の世界へと誘《いざな》った玄も、ある意味天才なのかもしれない。

「剣士くん、ごめん！　お茶のお代わりお願い。三つ！」

蝶子の声がしたので「はい！」と返事をして煎茶の用意をする。

そうだ、もうひとつ、玄に伝えなければ。

「玄さん、胸元に紙が入ってます。翔太からの伝言です。見ておいてください。あと、鍋の湯が沸きました」

「おう。あとは俺に任せとけ」

調理に没頭し始めた玄を頼もしく思いながら、剣士は淹れたての煎茶を蝶子たちの元に運んだのだった。

◆

「お待たせしました。こちら、豆腐百珍の絶品料理、油揚《あげ》ながしです」

剣士は人数分の器と箸《はし》をカウンターに置いた。

「おー、待ってたよ。うれしいなあ」とタッキーが碗を覗き込む。両側にいる蝶子と静香も、「翔ちゃん、すごいわねえ」「いい香りですね」と瞳をきらめかせる。

碗の中では、うっすらキツネ色に揚がった正方形の豆腐が、なめらかな葛餡をまとって湯気を立てている。豆腐の上には、やや緑がかった白味噌のようなものが載せてあった。

「この器、唐津焼《からつやき》だね。薄茶の素地にシンプルな文様。料理が映えるいい器だなあ」

「たっちゃん、器にも詳しいのね」と蝶子が感心する。

「まあ、グルメと器はセットで楽しむものだから。早速だけど、いただいてみるね」

待ちきれなかった様子のタッキーが、イの一番に碗を手にした。箸で豆腐の端を切り、味噌状のものと一緒に口へ運ぶ。

「アッツ！　葛餡のとろみがめっちゃアツイ」

タッキーはフウフウと豆腐に息をかけて冷ましている。

「葛の餡は冷めにくいから、熱いに決まってるわな。まぁまぁ、あわてなさんなって。ゆっくり食っとくれ」

ヘアバンドをしたまま、玄が厨房からカウンター内に出てきた。

「なんか翔太さん、雰囲気がガラッと変わりましたね」

静香が不思議そうに玄を眺める。いかにもカンの鋭そうな女子である。

「そうなのよ。あたしも最初は戸惑ったんだけどさ、最近の翔ちゃん、お酒飲んだりすると人が変わっちゃうの。江戸っ子になりきっちゃう、っていうか」

すでに翔太の変化には慣れている蝶子が、助け舟を出してくれた。つくづくありがたい。

「江戸料理を作るときもこうなっちゃうんです。なり切りがすごいんですよ、翔太って。まるで別人が憑依したみたいになるんです」

さらにフォローした剣士に、玄が「その通りだわな」とニヤつく。

頼むから、それ以上しゃべらないでくれ！

剣士が心中で叫んだとき、「うっわー、うまい！」と声がした。

ハフハフと豆腐を食べていたタッキーだ。

「これが〝山葵味噌〟ってやつか。擦った白胡麻の香りもいいし、胡桃の食感もいい」

感想を述べるタッキーに釣られて、蝶子と静香も碗に手を伸ばす。

「ホントだ。すごく美味しい。しかもサッパリしてるのね。見た目は揚げ豆腐みたいなんだけど……」

「荏胡麻油でさくっと揚げた豆腐を、水に入れて油っけを取ったのさ。それを葛の餡で煮立ててから山葵味噌をのせたのが、定番の油揚ながしだ」

「山葵味噌。初めて聞きました。少しツンとするのは山葵の辛みなんですね。こんなお豆腐料理、本当に初めてです」

静香も油揚ながしを味わっている。

「山葵味噌ってのは、味噌に白胡麻と胡桃を入れてすり合わせてから、おろした生山葵を足したもんだ。本来なら全部すりつぶしちまうんだけど、俺のは胡桃の粒を少しだけ残してある。だから食感も楽しめるはずだ。ところでよ……」

玄が静香を見て目を細めている。

「こりゃ可愛い女子《おなご》だねぇ。頭も良さそうだ」

し、しまった！　玄が静香と会うのは、これが初めてだった！

「静香さん！　静香さんもお婆様の桂子さんと一緒に、つきみ茶屋によく来てくださってたんですよね。きっと、かなりの食通なんでしょうね」

玄の一歩前に出て静香に話しかけ、肘《ひじ》で玄をつつく。

だが、玄は何も気づかず、また余計な発言をする。

「ほう、あの婆さんの孫娘か。こりゃ、あれだな。蛙《かえる》の子は蛙って言うけどよ、蛙の孫がいきなり鶯《うぐいす》になった感じだよな」

「あ――――、おっほん。翔太、厨房でまた酒飲んでただろ。すみません、静香さん。翔太、酒が入ると健忘症気味になっちゃうんですよ」

大急ぎで言い訳をしたが、静香は驚きで目を見開いている。

「すまん。ちくっと飲んじまった」

玄がケロッと答えた。実際、吐く息にアルコール臭が混じっている。

すると、蝶子が「ちょっと翔ちゃん」と口を尖《とが》らせた。

「バイトで雇うっていってるけど、ホントは静香ちゃんのこと気に入っちゃったんじゃないの？」

「そんな、翔太は自分の好みで女性を雇ったりしませんよ」

あわてて取り繕《つくろ》う剣士だが、そこにタッキーも絡んできた。

「板さん、失礼なんじゃないかな。女性の前で別の女性を褒めるなんてさ。やっぱ、料理の腕は認めるけど、接客がなってないんだよなあ」

あああ最悪だ。せっかく油揚ながしを作るという難題をクリアしたのに、一難去ってまた一難。こうなったら、みんなに真実を話してしまおうか？

――いやいや駄目だ。きっと憑依なんて信じないだろう。どうしたら翔太の名誉を挽回《ばんかい》できるのだろうか。

「タッキーさん」と剣士が謝ろうとしたら、横から殊勝な声がした。

「これは失礼した。タッキーさんの言う通りだ。蝶子はとびっきりの美人だし、静香さんは可愛らしい。タッキーさんは美人のあいだにいるのがよく似合うお人だしな。俺は正直すぎていけねぇ。この通りだ。勘弁しておくんな」

深々と頭を下げて両手を合わせた玄に、タッキーが表情を和らげる。

「まあ、いいけどさ。ボクのワガママきいてもらっちゃったし」

「そうだよね。翔ちゃん、頑張ってくれたのにゴメンね」

タッキーも蝶子も、さりげなく玄が自分たちを褒めたので、機嫌を直してくれたようだ。静香だけは、相変わらず不思議そうに玄を見ている。

「お料理が冷めてしまいます。どうぞ召し上がってください」

剣士が促したので、三人は再び油揚ながしを食べ始めた。

その隙に剣士は玄の袖を引っ張り、厨房へと連れていく。

「玄さん、あとは僕に任せてください。ここで片づけものをしててほしいんです。あとはお見送りのときに挨拶だけしてください。ありがとうございました、って」

「あいよ。俺がいると面倒なことになるみてぇだしな。ちゃんと挨拶するさ。ありがとうごぜぇやした、だな」

「ございました、です。玄さん、お願いだから、そのくらい言えるようになってくださいよ」

「あい承知した。ありがとうごぜ、ございやした。いや、ございました、か」

流しで片づけをしながら、玄はぶつぶつと挨拶の練習をしている。

この人もなんとか今に馴染もうとしている。その努力を感じた剣士は、小声で「玄さん、感謝してます。助けてくれてありがとう」とささやいてから、カウンターに戻った。

「いやー、満足したよ」

タッキーはすっかりご機嫌になっている。

「油揚ながし。上質な葛餡のトロミをまとった豆腐。しかも、荏胡麻油で揚げてから水で油を落とした豆腐と、パンチの利いた山葵味噌。予想通り、手の込んだ料理だった。これからボク、蝶子さんの料亭で会席を食べるんだ。丁度いい先付《さきづけ》になったよ」

「たっちゃん、そろそろ行かないと。剣士くん、本当にありがとう」

「いえ。また来てくださいね。できれば事前にお電話くださると助かります」

「だよね。たっちゃん、次からはアポなしリクエストＮＧだからね」

「わかったよ。じゃあ、また寄らせてもらうから」

厨房から玄が出てきて、蝶子とタッキーに一礼をする。

「タッキーさん、蝶子、ありがとうございました」

おお、ちゃんと「ございました」って言えた！

安堵した剣士は、ふーと息を吐き出す。

「翔ちゃん、こちらこそ本当にありがと。またね」

「板さん、マジでうまかったよ。ごちそうさまでした」

ふたりがガラスの格子戸から姿を消した途端、それまで大人しかった静香が剣士に詰め寄ってきた。

「やっぱり変です。わたしが最初に来たときの翔太さんと今の翔太さん、オーラが違いすぎます」

「おおら？　おおらって？」と玄が首を傾げる。

「オーラ。身体《からだ》から発してる空気感みたいなものだよ」

すかさず剣士が解説に入る。

「ねえ翔太さん。うちのお婆様に出すお料理、決断できそうだって言ってましたよね？　わたしの話がヒントになったって。どんなお料理にしようと思ったのか、教えてくれませんか？」

静香に問いかけられたのだが、玄は黙り込んでいる。当然だ。翔太の考えたことを玄が知るわけがない。

「それが知りたくて、ずっと待ってたんですよ。わたし、ちゃんとお婆様のフォローしますから。お願いです。教えてください」

「ひんと。ふぉろう……」

玄が小声でつぶやく。ヒントとフォローの意味がわからないのだ。

「翔太、大丈夫か？　さっき具合が悪いって厨房で言ってたけど。少し休んだほうがいいよ」

そう言えば静香は遠慮してくれるはずだと、剣士はいつものように嘘をついたのだが、「翔太さん、教えてくださいよ」と静香は食い下がる。

するとと玄は、衝撃的なひと言を放った。

「わからん」

おい！　それは言っちゃ駄目だろっ！

あわてる剣士だが、取り繕う術がない。

「わからんって、そんな、さっきは決断できそうだって言ってたのに」

静香が不信感をあらわにして玄を見ている。

マズい、これはマズいぞ。静香は唯一、今回の借金問題に協力してくれそうな存在だ。なのに、翔太の変貌を不快に感じてしまったら、協力など得られなくなってしまうかもしれない。

「翔太、やっぱり休もう。っていうか病院へ行こう。疲労がピークを越えちゃったんだよ。頭が混乱してるみたいだし」

「いや、俺は大丈夫だ」

速攻で否定した玄が、またしても衝撃的なことを言い出した。

「わからん、ってのは、和華蘭《わからん》料理のことだよ」

「わからん料理？　なにそれ？」

本当にわからない剣士は玄を凝視する。

「貿易船が出入りしてた長崎から、国内に広まった料理だ。中華、阿蘭陀《おらんだ》、それに和食が混ざった会席料理みたいなもんだな。江戸でも流行ったことがあったんだよ。和食の〝和〟、中華の〝華〟、阿蘭陀の〝蘭〟、それをくっつけて呼んだから、和華蘭料理なんだろうな。よくわからんけど。なんてな」

すらすらと解説をし、最後に駄洒落《だじゃれ》まで入れてみせる。

これ、玄さんだよな？　翔太に代わったんじゃないよな？

どっちなのか確認したいのだが、ヘアバンドで髪の色が判断できない。

わからなくて気が気でない剣士とは裏腹に、静香が「わかった！」と笑顔で手を叩く。

「それって、卓袱《しっぽく》料理のことですよね？　長崎の名物料理」

「そうとも言うな。静香さん、詳しいんだねぇ」

「しっぽく？」

これまた剣士の知らない言葉だった。

「ええ。お婆様と旅行で長崎に行ったとき、いただきました。卓袱は、朱塗りの円形テーブルのことらしいです。中華風の。そのテーブルに置かれた大皿料理を、取り分けて食べるんです。お刺身とか煮物とか、フカヒレのスープとか……。そうだ、パンでエビのすり身を挟んで揚げたものや、豚の角煮なんかもありました。和華蘭料理とも呼ぶんですね。知らなかったです」

話しながら静香が自分のスマホを操作し、「わたしが食べた卓袱料理です」と、料理の写真を剣士に見せてくれた。

「――このフカヒレが入ったスープ、網状のパイ生地で包まれてますね」

「そうそう、そのパイを崩してスープと一緒に食べるんですよ。美味しかったなあ」

静香は懐かしそうに写真を見つめている。

「めっちゃ豪華な和洋折衷料理なんですね。すごいな……」

剣士は小さく息を漏らす。

だが、スマホを覗き込んだ玄が、「江戸っ子の和華蘭料理とは違うぜ」と言い出した。

「これは今の料理だろ。しかも、うんと豪勢にした宴会用のもんだ。江戸で流行ったのとは大違いだよ。俺が作れるのは、もっと素朴な江戸庶民の和華蘭料理だ」

「素朴な江戸の和華蘭料理……？」

オウム返ししかできない剣士の前で、静香が「それ、すごくいいと思います！」と手を叩いた。

「静香さん？」

いきなり高揚し始めた理由が、剣士には理解できない。

「だって、うちのお婆様、『これからはグローバルじゃないと駄目なんだよ』が口癖なんですよ。わたしが大学で英語と中国語を専攻したのも、お婆様の影響なんです。和華蘭料理は、江戸時代に発祥したグローバルなお料理。それも現在のではなくて、江戸庶民が食べていた料理を再現できるのなら、絶対によろこぶと思います」

「なるほど」と剣士も腑《ふ》に落ちた。

「ヒントは静香さんの話にあったたって翔太は言った。それがグローバルという言葉だったんだ」

思わずつぶやいた剣士の前で、玄はゆっくりと口角を上げた。

――これは玄さんじゃない。翔太だ！　翔太が玄さんの振りをしていたんだ。そうでなければ、和華蘭料理なんて言い出すわけがない。きっと厨房で玄さんが寝て、翔太と入れ替わったんだ！

「さすが翔太！　いいアイデアじゃないか。——あれ？　どうした？」

「すまん、ちょいと眩暈がして……」

翔太はしきりに首を左右に振り、額に手を当てている。

「やっぱり悪化してきたんだ。静香さん、すみません。翔太を休ませたいんです。また改めて来ていただけますか？」

「やだ、ごめんなさい。翔太さんに無理させちゃって。じゃあ、明後日のお昼、お婆様と一緒に来ます。何かあったらすぐにご連絡しますね」

「わかりました。よろしくお願いします」

翔太さんお大事に、と告げてから、静香は店を出ていった。

彼女を見送った剣士は、急いで翔太の元に駆け寄った。

「いやー、助かった。いいタイミングで翔太に戻ってくれてよかったよ。具合はどう？　また玄さんが出てくるのかな？」

すると翔太はいきなりヘアバンドを取り、大声を発した。

「具合なんて悪くねぇよ。どうだい、俺の芝居は。上手かっただろう？」

前髪の一部が白くなったままだ！

「玄さん！　ここにいたの、ずっと玄さんだったんですか？」

「あたぼーよ。ほかに誰がいるってんだい」

鼻の下をこすりながら、ドヤ顔をしてみせる。

「玄さん、芝居までできるんですね！　すごいなあ」

「おう。人払いしたいときは、そうするのが一番だ。〝嘘も方便〟って言葉、知ってるかい？」

「もちろん知ってますよ」

っていうか、あなたの存在を誤魔化すために、僕が何回嘘ついたと思ってるんですか！　と言いたいところだが、話が逸れるのでやめておいた。それよりも知りたいことがある。

「ねえ玄さん。もしかして和華蘭料理って、翔太じゃなくて玄さんの考えなんですか？」

「いや、そうじゃねぇ。翔太が紙に書いておいてくれたんだ。ほれ、お前さんが見とけと言った紙だ」

胸元のポケットから折りたたんだメモ用紙を取り出し、こちらに見せる。

「〝桂子、静香、和華蘭料理〟って書いてあるだろ。それでわかったのさ。翔太はあの赤毛の婆さんに和華蘭料理を出すつもりなんだな、ってな」

「なるほど。さすが翔太だなあ」と納得すると同時に感嘆する。

翔太の危機回避能力は、ハンパではないのだと。

「さっきも言ったけどよ、江戸っ子の和華蘭料理なら作れるぜ。あの赤毛の婆さんに、うんと旨いもん作ったるわ」

「助かります！　ああ、よかった。玄さんがいてくれてマジ助かった……」

全身から力が抜けて、膝から崩れそうになる。

「それにしてもよ、あの静香って女子、可愛かったよなぁ。剣士もそう思ったんじゃねぇかい？　お前さんは蝶子のような色香のある女子よりも、鶯のように可憐な女子が好みなはずだ。違うかい？」

「そんなことないから。余計なお世話です」

本当はそんなことあるのだが、玄に言い当てられて認めるのは癪《しゃく》だ。

「ああ、それからよ」

「はい？」

「ぐろばる、ぐろばる、って何度か言ってたろ？　なんのことなんだい？」

真顔で言われた剣士は、思わず吹き出してしまった。

「なんでぃ、俺を笑いやがって。あとよ、〝ひんと〟とか〝ふぉろう〟とか、わけわかんねぇ言葉ばっかでよ。頭が痛くなったわ。これぞ〝わからん〟だよな。なあ、意味を教えておくれよ。笑ってねぇでさぁ」

もう笑いが止まらない。静香に不信感を持たれずに済んだ安堵もあってか、それからしばらくのあいだ、剣士は腹を抱えたままだった。

◆

その夜、玄が眠ってから出てきた翔太に確認したところ、やはり、静香の「グローバル」という言葉から閃《ひらめ》いたのが、和華蘭料理だったという。

「オレも江戸料理の勉強をしたときに知ったんだ。鎖国時代の日本が、唯一海外貿易の場として設けていた長崎の出島。そこにオランダや中国の文化が入ってくる中でできたのが和華蘭料理だ。今は卓袱料理と呼ぶほうが多いよな。長崎の郷土料理になっているから、旅行好きの桂子さんなら食べたことがあるんだろう」

「うん、静香さんが言ってた。だから、現在の豪華な和華蘭料理じゃなくて、江戸庶民が食べてたグローバル料理なら、お婆様もよろこぶと思う、って」

「それはよかった」と微笑んでから、翔太は口調を改めた。
「早速だが、玄に和華蘭料理を作ってもらおう。それを食べてから、アレンジや提供の仕方をオレが考える。剣士は玄から江戸の知識を教えてもらって、料理のプレゼンをしてくれ。この店の未来がかかっているのだから、抜かりなくやらないとな」
「わかった。玄さんに相談しておく」

それから剣士と翔太、そして玄の二・五人は、来るべき勝負に備え、桂子たちに出す料理を決めていった。

玄が真っ先に作ってみせたのは、〝阿蘭陀煮〟という名の煮物。カットした高野豆腐や人参《にんじん》などの根野菜を油で炒《いた》めてから、醤油《しょうゆ》、酒、味醂《みりん》などで甘辛く煮た料理だ。油で揚げたり炒めてから煮る料理を、江戸では阿蘭陀煮と呼んでいたらしい。

しかし、残念ながら現在の家庭料理とあまり変わらないため、翔太は即座に却下。ほかにも玄が作っておいた江戸の和華蘭料理の中から、数品を選んでアレンジを加えていった。

その出来栄えは剣士も唸るほどで、「玄の古典料理と翔太の現代感覚との融合は最強だな」と、改めて思い知らされたのだった。

第2章　「勝負をかけたグローバル料理」

あっという間に時間が流れ、借金問題をかけた腕試しの日がやってきた。

翔太は黒の和帽子に作務衣、剣士は紺色の着物姿。朝から気合を入れて準備を整えてあった。

ただし、店の格子戸には何もかけていない。〝つきみ茶屋〟と麻地の右端に白抜きされた紺色の暖簾は、本オープンまでかけない予定だった。

――やがて、正午ぴったりに桂子が静香と共に来店した。

「お知らせした通り、うちの孫娘も連れてきたわよ」

エメラルド色のロングワンピースを着た桂子が、シンプルなグレーのスーツ姿の静香を剣士に紹介する。

「静香です。よろしくお願いします」

ペコリと頭を下げた静香。彼女がここに来たことは、桂子には知らせていないはずだった。

静香さん、やっぱり可愛いな……。って、なに考えてんだよ！

瞬時に煩悩を追い払い、剣士は座敷席にふたりを案内した。

畳の上に、ふたつの箱膳と座布団が置いてある。骨董品の箱膳の上には、取り皿と箸がセットされている。

「まあ、懐かしい。家庭用の箱膳ね」と、桂子が珍しそうに言った。

「はい。中に自分専用の食器が入れられるようになっている箱膳です。蓋《ふた》をひっくり返すとお膳になる、今ではなかなか見られなくなったもの。うちは江戸時代のお料理を出す店にするので、テーブルではなく昔ながらの箱膳で提供させていただきます」

「なるほどね。悪くないじゃない。レプリカとはいえ浮世絵。生け花。それに箱膳。お店の雰囲気は江戸料理にマッチしてるわ」

「ありがとうございます」

「あとはお料理次第だわね」

鋭く言い足され、剣士は胃が縮むような感覚になる。

「あたくしがね、こちらでお昼をいただくって言ったのよ。そしたら、静香にどうしても来たいって頼まれて。まあ、先代の頃はよくふたりで来てたからね。剣士さんがお店にいた記憶は一度もないけど」

ちらりと桂子に見られた瞬間、緊張で身体が固まった。見たものを石に変えてしまうギリシャ神話の怪物・メデューサを思い起こさせる。

「実は僕、刃物恐怖症でして。だから店は継げないと思ってたんです。でも、今は違います。恐怖症はまだ克服できてませんが、料理人の翔太と一緒に、両親が受け継いできた暖簾を守っていきたい。そう本気で考えているんです」

つい、言い訳じみた発言をしてしまった。

「それはそれは、亡くなられたご両親もおよろこびね。じゃあ、あたくしの舌もよろこばせてくださいな。そうしたら、お金の問題は考えて差し上げますから」

ゆったりと笑う桂子。ますます剣士の身体は強張《こわば》っていく。

「お婆様、あまり意地悪なこと言わないで。剣士さんと翔太さん、必死でこちらを再開しようとしてらっしゃるんだから」

早速、静香がフォローに入ってくれる。非常に頼もしい。

「静香、おふたりとお話ししたことでもあるの？」

「ううん、グルメブロガーさんの記事で読んだの。こちらの試食会に参加されたブロガーさん。『独創的な江戸料理を提供する、若き料理人と経営者』って、その記事ですごく褒めてたんだよ。新規オープンが楽しみだ、って。わたしもすごく楽しみ。だからお婆様……」

「わかりました。もう言わなくていいわ。何を聞いたって、あたくしは甘く判断したりしないから。こちらが融資にふさわしいお店になりそうなのか、しっかり見させてもらいます」

桂子は厳しく唇を結ぶ。その表情を見て、彼女が自分たちを〝ビジネス相手として相応《ふさわ》しいのか判断しに来た〟ことを改めて認識する。

果たして、このいかにも美食に慣れていそうな桂子に、納得してもらえる料理が提供できるのだろうか……？

不安にとらわれた剣士だが、気取られないように笑みを浮かべ、「何かお飲み物をお出ししましょうか？　ビールや日本酒ならございます」と問いかける。

「お茶で結構よ。シラフでお料理を味わいたいの」

「かしこまりました」

剣士が煎茶の器をふたりの膳に置くと、厨房から翔太が挨拶にやってきた。

「いらっしゃいませ。本日は、どうぞよろしくお願いいたします」

「あらあら翔太さん、このあいだの威勢がないじゃない。そんなに縮こまらなくてもいいわよ。こちら、あたくしの孫娘の静香です」

桂子に言われて静香が会釈をする。翔太も「お初にお目にかかります。お待ちしておりました」と、初対面のように振る舞う。

「それでは、始めさせていただきます」

姿勢を正した翔太が、腕試しの開始宣言をした。

それを受け、剣士が厨房からひと皿目の料理を運んでくる。

「本日は、おふたりのために江戸前の和華蘭料理をご用意しました。和華蘭料理とは、長崎の卓袱料理の別名。何品もの料理を大皿に盛りつけ、取り分けていただくスタイルが定番ですが、それは宴会用のもの。今回はご昼食でもありますので、軽めに三品のお料理をひと皿ずつお出しします。最後までお楽しみください」

堂々と前口上を述べ、翔太は厨房に戻っていく。

「江戸前の和華蘭料理。それは楽しみね」

不敵な笑いを浮かべた桂子と、心配そうな静香の箱膳に、剣士は一品目の皿を置いた。

「こちら、先付となります。〝江戸前穴子の煮凝《にこご》り〟。〝鶉《うずら》の松風《まつかぜ》焼き〟。〝栗の渋皮煮〟です」

縁に紅葉の柄が入った古伊万里《こいまり》の平皿に、三品が美しく盛られている。長方形にカットされた穴子の煮凝り、大葉の上で羽子板状に整えられた松風焼き。栗は棘《とげ》つきのイガの中に入っている。

「和華蘭料理では、海・里・山の冷菜をお出しします。今回は、東京湾でとれた〝天然穴子〟、江戸ではポピュラーだった野鳥の〝鶉〟、秋の味覚〝栗〟の三品です。鶉はひき肉にして豆腐や卵を加えて焼き上げ、細かく砕いたアーモンドをまぶした松風焼きにしました。どうぞお召し上がりください」

玄がベースを作った三つの料理。イガの中に渋皮煮を入れたり、煮凝りに柚子《ゆず》皮を加えたり、松風焼きをケシの実ではなくアーモンドに変えたりと、翔太がアレンジを施してある。

「わ、美味しそう。いただきます」

早速、静香が箸を取り、松風焼きを頬張った。

「わたし、鶉をいただくの初めてなんです。鶏肉とは風味がまったく違いますね。ジビエの鳩《はと》に近いのかな。野性味が深いというか。豆腐と卵の生地がふわふわで、アーモンドのアクセントも素敵。すごく美味しいです」

「おそれ入ります」と礼を述べた剣士だが、何も言わずに食べている桂子が気になって仕方がない。

「わー、煮凝りも美味しい」と、またしても静香が歓声をあげた。

「トロリとした煮凝りと柔らかな穴子が口の中で溶け合って、するりと喉を落ちていく。ほんのりと柚子の香りがして、あとを引く美味しさです。それから——うん、栗の渋皮煮も完璧。渋皮煮って、キレイに形を保ったまま作るのが難しいって言いますよね。翔太さん、本当にプロの料理人さんだったんですねえ。……あ、失礼なこと言ってすみません」

「いえいえ。翔太も僕も、まだ勉強中の身ですから。……桂子さん、お味はいかがですか？」

意を決して剣士が問いかけた。

「想像よりはいいお味ね。翔太さん、まだ若いのに感心したわ」

「あ、ありがとうございます！」

肩の力が抜けかけたが、「でもねえ……」と桂子が続ける。

「ちょっとありきたりだわね。ここじゃなくてもいただけそうな感じ。江戸前の和華蘭料理だっていうから、期待しすぎちゃったのかしらねえ」

手厳しいコメントだ。しかし、これは翔太の作戦でもあった。

まずは、オーソドックスな先付から始める。でも、二品目、三品目で変化をつけていくのだ。

どうか、桂子さんが翔太の腕を認めてくれますように。

祈るような気持ちで、剣士は空いた皿を下げたのだった。


続いて二品目の料理を運ぶ。

淡い水色の中鉢の中で、角煮がホワホワと湯気を立てている。大きめの角煮が四切れ。添えてあるのは素揚げした万願寺《まんがんじ》唐辛子と練り辛子。見た目はかなりのボリュームがある。

「和華蘭料理の定番、鉢物をお持ちしました」

剣士がふたりの箱膳に皿を置く。

「……豚の角煮、ね。これまた普通だわねえ。あたくし、豚肉は胃にもたれるのよ」

明らかに桂子のテンションが下がってしまった。

しかし、静香は料理を見てすぐに気づいたようだ。

「お婆様、これ、豚肉じゃない！」

急いで静香が角煮に箸を入れ、ひと口味わった。

「お麩《ふ》だよ。車麩。でも、ちゃんと豚の脂身の味がする。なんで？」

孫娘の驚きを受け、桂子も角煮に手をつける。

「……精進料理みたいだけど、確かに、脂身の感じがしっかりするわね」

その反応をうれしく思いながら、剣士は穏やかに告げた。

「精進料理のように動物性の食材を使わない和華蘭料理。〝普茶《ふちゃ》料理〟と呼びます。こちらはオリジナルで作った普茶料理、〝豚の角煮もどき〟です。昆布出汁で戻した車麩を四等分にし、葛粉で作った薄い生地で包みます。そこに片栗粉《かたくりこ》をつけて狐色《きつねいろ》にこんがりと揚げ、甘辛く煮つけました。葛粉の固まりを揚げると、脂身のようなコクがでるんですよ」

「すごい！　ちゃんとお肉を食べてる満足感があるのに、これなら胃もたれしない。ねえ、お婆様？」

「まあ、悪くはないけどね」

「お婆様、ちゃんと美味しいって認めてよ」

「……甘み。甘みがちょっと強いのよね。あたくしには」

すまし顔の桂子が、ぽつりとつぶやく。

「もー、素直じゃないなあ」

苦笑した静香は、あっという間に料理を平らげた。桂子も同様だ。

静香が「トンカツとか、油っこいものは少しで十分だって言ってます」と桂子の情報をくれたので、肉は使わず〝もどき〟にしたのである。

葛切りの要領で薄い生地を作り、車麩を包んで片栗粉をまぶし、菜種油で揚げる。それを、醤油、酒、砂糖、生姜《しようが》汁などでこってりと煮つけていく。手間はかかるが、このほうが脂身のようになるはずだと、翔太が考えて作ったのだ。

「普茶料理も取り入れたらどうだい？」とヒントをくれたのは、玄だったのだが。

そして、「これぞ江戸っ子の和華蘭料理でぃっ」と玄が張り切っていたのが、三品目の料理。これにも翔太が大胆なアレンジを加えている。

剣士は、大きな蓋つきの漆椀をふたりの前に置いた。

「最後にお出しするのはこちらです。まずは、蓋を開けてみてください」

桂子たちが同時に蓋を開け、目を見開いた。

「なんですか、これ？　お蕎麦《そば》と揚げ蕎麦？」

静香の問いに、「そうです。上にのせたのが、皿うどんの麵のように揚げた蕎麦。その下は冷やし蕎麦。手打ちの二八蕎麦です」と答える。

すかさず、翔太が土鍋を運んできた。熱々の中身を、それぞれの椀に注ぐ。

ジュワーという耳心地のよい音と共に、中華料理のような食欲をそそる香りが広がっていく。仕上げに小皿の三つ葉を散らして完成だ。

「わあ、オコゲの中華あんかけみたい。美味しそう」

鼻をうごめかした静香に、翔太が言った。

「こちら、〝卓袱蕎麦〟です。胡麻油で炒めた野菜入りの紅餡を蕎麦にかけました。野菜は、茄子《なす》、クワイ、牛蒡《ごぼう》、人参、椎茸《しいたけ》。この紅餡とは、二番出汁に醬油や酒、砂糖などを加え、片栗粉でとろみをつけたものです。熱いのでお気をつけてお召し上がりください」

「いただきます！」

早速、静香が椀の中身を小皿に取り分けた。揚げ蕎麦を崩し、冷蕎麦と餡を絡めて食べ始める。そして、にっこり微笑んで感想を述べた。

「揚げ蕎麦のパリパリとした食感と、コシのある冷たい蕎麦、そこに餡が絡んできて食べ応えがあります。和なんだけど中華でもあって、すごいグローバル感。餡をかけたときの音、香り、見た目と味。それに熱々の餡と冷たいお蕎麦との温度差が加わって、五感を刺激する美味しさです」

隣の桂子も蕎麦を椀から小皿に移しながら、ゆっくりと味わっている。

これは絶対に気に入ってもらえたはずだと、剣士は確信めいた気持ちを抱いていた。


ほどなくふたりは完食し、食後のほうじ茶と自家製の葛餅でひと息ついた。

「あー、美味しかった。パリッとした揚げ蕎麦と、トロリとした紅餡がよく絡み合ってて。あのユニークな卓袱蕎麦が、江戸庶民の和華蘭料理だったんですね」

静香が話しかけてきたので、剣士は玄に教わったうんちくを披露した。

「長崎から京都や大阪に伝わった卓袱うどんが、江戸に伝わったときに卓袱蕎麦になったとされているようです。当時も関西はうどん、関東は蕎麦が好まれていたみたいですね。江戸では蕎麦の屋台でも卓袱蕎麦を出していたそうですよ。ただし、揚げ蕎麦を加えたのは翔太のオリジナルなんです」

話を隣に立つ翔太に振る。

「静香さんがおっしゃった通り、四川料理の中華オコゲを参考にしました。あと、長崎の皿うどんも。うちは、江戸料理の基本を守りながら、少しだけ独自のアイデアを盛り込んだ料理を出す店にしたいんです」

「いいと思います！　翔太さん、さすがですね」

静香が熱い視線を注いでいる。

やっぱり、翔太はどんな女性にもモテるんだよな……。

ふいに、自分が嫉妬めいた思いを抱いているような気がして、剣士は自己嫌悪におちいった。そんな矮小《わいしょう》な気持ち、今すぐ捨ててしまわねば。今は店の命運を分ける場面なのだから。

「桂子さん」

翔太は桂子をひたと見据えている。

「いかがでしょうか？　つきみ茶屋は新しくスタートします。借金の返済は待ってもらえませんか？」

剣士も息を呑んで返答を待つ。

ほうじ茶を飲み干した桂子が、ゆっくりと口を開く。

「可能性は感じたわよ。いいお店になるといいわね」

「じゃあ、親父の借金は……？」

　一括返済は免れるのか？　と剣士は期待に満ちた声で問いかけ、帰ってきた言葉に愕然とした。

「残念だけど、お父さんの味には及ばなかったわ。砂糖の甘みが強すぎた。だから、一括返済してもらいます」

「そんなっ！」と声を張りあげたのは静香だった。

「十分美味しかったじゃない。お婆様の体調も考えて、わざわざ角煮もどきも作ってくださったのよ。なのに酷いよ！」

「初めに甘く判断しないって言ったでしょ。あたくしは満足しなかった。もう一度ここに来たくなるほどのお味じゃなかったのよ」

「それは、甘みの強さが一番の理由ですか？」と翔太も声を張る。

「砂糖の甘みは和華蘭料理の特色。江戸時代、長崎の出島に輸入されていた砂糖は、値も張る貴重品だったんです。だから、甘ければ甘いほどご馳走《ちそう》だと当時の人は感じた。それを踏まえて調理をしたので……」

「シャラップ。言い訳は結構よ。先代の太地さんは、ちゃんとあたくしの好みを把握してくれてたわ。顧客情報を頭に叩き込んでいたようね。酷なようだけど、翔太さんはつきみ茶屋の跡目を担う料理人。先代と比較されるのは覚悟の上でしょう？」

冷ややかに赤毛の老婦人が告げ、立ち上がった。

翔太は悔しそうに唇を噛《か》んでいる。

「とにかく、腕試しの結果は不合格だったってこと。四百二十五万円、すぐに返してもらいます。剣士さんも、失敗したときのことだって、ちゃんと考えていたでしょ？経営者になるんだから、そのくらい先の先まで読んで準備できないと、お店なんてすぐ潰れちゃうわよ」

──耳が、激しく痛んだ。

翔太と玄に料理を任せておけばどうにかなるだろうと、甘く考えていたことに、はっきりと気づかされた。

「……確かに、おっしゃる通りですね。資金面に関しては、僕が責任を持たなきゃいけないんです。どうにか工面してみます」

「じゃあ、今月中に返済してくださいね。これ、今日のお礼です。ごちそうさまでした」

封筒をカウンターに置き、「静香、行くわよ」と桂子が格子戸に向かう。

「待ってください」と翔太が呼び止めた。

「剣士は……剣士もオレも、目一杯資金調達をしています。剣士はこの家も担保に入れてるんです。親父さんの借金は寝耳に水の話でした。これ以上、こいつに無理をさせるわけにはいかないんです。無理をさせたら、オープンなんてできなくなってしまうかもしれない。お願いします。もう一度、もう一度だけ腕試しのチャンスをもらえませんか？　それが無理なら、せめて返済の猶予をいただけないでしょうか？」

必死に懇願した翔太だが、桂子は聞く耳を持たなかった。

「考えが甘い。このご時世、潰れてしまう飲食店なんてごまんとあるのよ。皆さん、どうにかしようともがいてあがいたはず。自分たちだけが特別だなんて思わないことね。だいたい、店を一度も手伝わなかった跡取り息子が、大した苦労もせずにその店を再開させるなんておこがましいのよ。店を継ぐなら借金も継ぐ。すっきり返済してから新しいことを考えなさいな」

すたすたと店を出ていく桂子。そのあとを「お婆様！」と静香が追いかけていく。

剣士は、完全に打ちのめされた気分だった。

桂子の言葉が、鋭利な刃物のごとく胸に刺さっている。

彼女が店で一度も見なかった、頼りなさそうな若い七代目。親に店を手伝えと何度も言われたのに、最後まで突っぱねていた息子が、両親亡きあとで棚ぼたのように手に入れた店舗……。

「大した苦労もせず、か。その通りだ。ゼロからスタートする人たちは、もっと苦労して店を出してるんだよな。親父の借金、僕がなんとかするよ」

「剣士……」

「翔太にも玄さんにも甘えっぱなしだった。僕が経営者なんだから、もっとしっかりしないとね」

「どうするつもりなんだ？」

「それは……。いや、翔太は心配しなくていい。ちょっと出かけてくる」

まだ何か言いたげな翔太に背を向け、桂子がカウンターに置いた封筒を手に二階の自室に入った。そっと封筒の中を覗く。十万円が入っている。

借金の延滞金で消えるな。ありがたいけど。

封筒を机の引き出しに入れ、着物を脱いでチャコールグレーのスーツに着替える。こんなときくらいは、社会人らしい恰好《かっこう》をしていくべきだろう。久しぶりにネクタイを手にしたので、なかなか上手く締められなかった。

姿見に全身を映す。顔色の悪い痩せた男が立っている。全身から焦燥感という暗いオーラが漂っているようだ。

居間に行って、棚に飾ってある両親の遺影に手を合わせる。その横に置いてある薄刃包丁の箱を開けて、中をじっと見る。父の形見である包丁。以前とは違って、見る分には大丈夫だ。思い切って刃先に触れてみる。

――ズキン、と手に痛みを感じた。刃物恐怖症はまだ克服できていない。

だが、剣士ははっきりと意思を固めた。

いつの日か必ず、この恐怖を乗り越えてやる。自分も刃物を握って調理の手伝いをするのだ。そのためにも、店は絶対に手放さない。できることはなんでもやる。どんなに惨めで情けない思いをしようとも。

包丁の箱を元に戻し、遺影に向かってもう一度手を合わせ、目を閉じた。

父さん、母さん。甘ったれで未熟だった僕を、どうか許してください。つきみ茶屋の暖簾は、なんとしてでも守り抜きます。だから、力を貸してください。

祈りを終えて階段を下りると、翔太が心配そうな顔で立っていた。

「剣士、スーツなんて着てどこに行くんだよ？」

「資金集め。大丈夫。当てはあるから」

「銀行の融資はもう無理だろ？　まさか闇金なんかで借りる気じゃないよな？」

「ああ、その手もあったな。だけど、その選択肢は頭になかった。とりあえず行ってくる。なんとかなりそうだったら報告するよ」

剣士はひとり、店の前の石畳を歩き、神楽坂を下って飯田橋《いいだばし》の駅を目指した。

◆

向かった先は、原宿駅から徒歩十五分ほどの場所にある、小ぎれいなオフィスビルだった。

エレベーターで十階に上がる。扉が開くと洒落《しゃれ》たエントランスがあり、中央にインターホンが設置されている。オフィスに入るにはインターホンで誰かを呼び出す必要があった。

さあ、どうしようか。アポなしで来てしまった。外出しているかもしれないし、そもそも出社していないかもしれない。でも、事前に電話するより、いきなり現れたほうが切迫した事情を説明しやすいから……。

いや、違う。電話して速攻で断られたら絶望してしまいそうで、こうするしかなかったのだ。グズグズしていないでアタックするしかない。

インターホンを操作しようとした瞬間、オフィスの扉が開き、中からふたりの男女が話しながら出てきた。女性はシックなカーキ色のスーツに、同系色のハイヒール。大きめの黒縁メガネが、やけにファッショナブルに見える。長い髪を揺らして、隣のスーツ姿の男性に何やら指示を与えている。

「――そんな感じでクライアントに伝えてくれる？」

「承知しました。社長は同席されないんですね」

「時間がないの。急な打ち合わせが入っちゃったから。――あれ？」

社長、と呼ばれた黒縁メガネの女性、月見桃代《ももよ》が剣士に目を止めた。

「久しぶり。急に来ちゃって申し訳ない」

「やだもー、剣士。びっくりさせないでよ。どうしたの？　何か用？」

「うん。少しだけ時間、もらえないかな？　緊急の用事があって」

「ごめん、これから会議なの。またにしてくれる？」

「どっかで待ってる。会議が終わる頃にまた来てもいいかな？」

桃代は腕時計をチラ見し、「じゃあ、一時間後に来て。でも、そのあとも打ち合わせがあるから十分くらいしか話せない。それでもいい？」と早口で言った。

「わかった。忙しいのにごめんね」

謝る剣士の前を通り過ぎて、桃代は部下らしき男性とエレベーターの先にある非常階段の扉へと向かう。

「社長、どなたですか？」

「従弟《いとこ》。いきなりいるから驚いちゃった」

そんな会話が聞こえ、ふたりは扉の中に消えた。

そう、桃代は剣士の父・太地の弟、月見大河《たいが》のひとり娘で、剣士の三歳年上の従姉。若くして会社を立ち上げ、急成長させた女社長なのであった。


桃代の実家は池袋にあり、神楽坂にほどちかい飯田橋まで地下鉄有楽町線ですぐに来られたため、子どもの頃からお互いの家をよく行き来していた。一緒に漫画を読んだりゲームをしたり、実の姉弟のように近しい関係だった。

幼少時から知能指数が高く、頭の切れる少女だった桃代は、大学卒業後に中堅のIT系企業に就職したのだが、上司からパワーハラスメントを受け、一年足らずで退職。それ以来、引きこもってゲーム三昧の生活を送るようになってしまった。

心配した叔父の大河から、剣士も相談されたことがある。どうにかして引きこもりから真っ当な生活に戻せられないか、と。

しかし、引きこもってやり込んでいたソーシャルゲームがきっかけで、なんと桃代はアドベンチャーゲームを自主制作。そして、そのゲームがとある大会で優勝したことを機に、フリーのゲームクリエイターとして活躍。

今ではインディーズゲームの開発者向けコンサルティング会社を経営し、原宿にオフィスを構えて仕事に忙殺される日々を送っているのである。

まさか、あの瓶底メガネのダサダサ娘だった桃ちゃんが、バリバリのキャリアウーマン。しかも社長になるなんてなあ……。

などと思っていた剣士だが、桂子からの借金を返すために力になってくれそうな人物として、真っ先に浮かんだのが桃代だった。

叔父の大河はごく普通のサラリーマンだし、剣士の祖父母はすでに亡くなっている。金銭面で頼れそうな親戚といえば、気心の知れた桃代しかいない。

しかも、剣士は彼女に貸しがあった。

桃代が大会で優勝したアドベンチャーゲームのシナリオは、剣士が考えた構想を元に作ったものだったのだ。

剣士の場合、興味があったのはゲームではなく小説で、高校生の頃にいくつか構想を練り、桃代に感想を求めていた時期があった。結局、どの構想も小説として書き上げることができなかったため、桃代から「これ、ゲームにしてもいい？」と言われたとき、何も考えずに快く承諾した。

それは、『人の脳内にアクセスして記憶を見る能力を持った少女が、無差別殺人の容疑者だった少年の脳にアクセスして事件の謎を解く』というSFミステリーの構想だったのだが、桃代は自らシナリオにし、キャラクターデザインやプログラミングも独自にやり遂げたのだった。

そのゲームがきっかけで人生が激変した桃代は、剣士を恩人として扱い、剣士が新宿のバーに勤めていたときは、かなり頻繁に利用してくれた。だから、同じバーにいた翔太も彼女の知り合いだ。

桃代が会社を立ち上げた二年ほど前から、急に交流がなくなってしまったのだが、両親の葬儀には顔を出してくれた。場が場なだけに長話などできずにいたのだけど、帰り際にお悔やみを述べてくれた桃代は、昔と変わらないように見えた。

そんな経緯もあって剣士は、桃代に借金を申し込もうとしていたのである。

もちろん、本来なら絶対にしたくない、苦渋の選択だった。

一時間ほど会社近くの喫茶店で暇をつぶし、再び桃代のオフィスに向かった。インターホンで彼女を呼び出すと、先ほど一緒だった男性社員が、小さな会議室へ通してくれた。

そして、さらに三十分以上待たされたあと、やっと桃代が現れた。

「ごめんね、別の打ち合わせが入って遅くなっちゃった」

「いや、こっちこそ急に来てごめん。忙しそうだね」

カツカツとヒール音を響かせ、桃代が剣士の対面に座る。テーブル越しの彼女が、とても遠くに感じる。

「申し訳ないんだけど、五分しかないの。用件は手短にお願いね」

ポーチから電子タバコを取り出した桃代は、高そうなハイブランドの指輪をはめた手でタバコをふかしながら、剣士を急がせる。爪が短く切りそろえられているのは、仕事でゲームをするためだろう。

たったの五分。マジかよ……。と思いつつ、剣士は簡潔に事情を話した。

「――なるほどね。で、私に借金を申し込みに来たんだ」

桃代はフーッと白い水蒸気を吐き出す。

「すまない。緊急事態なんだ。桃ちゃんしか頼れる相手がいなくて……」

すると彼女は音をたてて立ち上がり、「悪いけど無理」と冷たく言った。

「桃ちゃん……」としか返せない。

「もう時間だから、なんで無理だか簡単に言うね。剣士さ、あんなに割烹を継ぐの嫌がってたじゃない。太地伯父さんに何を言われても、ずっと突っぱねてた。正直言うと私、伯父さんが気の毒だなって思ってたんだ。だって、江戸から続く老舗だよ。その跡取りでひとり息子に店を継いでもらえないんだからさ。でも、剣士の選択を否定する気はなかった。むしろ、我が道を行くあんたを応援したいと思ってたよ。それがなに？　急に江戸料理の店として再開する？　意味がわかんない」

「それは、親父たちが亡くなったあとにいろいろあって……」

そのいろいろがうまく説明できない。

うちの物置で保管されていた金の盃に、江戸時代の料理人の魂が封じ込められていて、その魂が桃ちゃんも知ってる翔太に乗り移ったんだ。

——なんて話、信じてもらえるわけがない。

「とにかくさ、飲食店経営なんてしたことのない剣士に、まともな経営ができるとは思えない。返せないってわかってる人にお金なんて貸せないよ。会社も店も、立ち上げるのは簡単。続けるのが難しいの。沈むに決まってる泥船に、金塊を乗せるバカなんていないでしょ」

昔からハッキリとした物言いをする桃代だったが、さらに拍車がかかっている。

(先の先まで読んで準備できないと、お店なんてすぐ潰れちゃうわよ)

桂子にも同じようなことを言われたなと、剣士は思い返していた。

経営に携わっている人たちの言葉には、ずっしりとした重みがある。その重みで潰れそうになる心を、どうにか奮い立たせて説得を試みた。

「桃ちゃんがそう思うのは仕方がない。でも、翔太は料理人としてすごい腕を持ってるんだ。僕だって心を入れ替えてやる。本気なんだよ。一度うちの店に来てもらえないかな。どんな料理を出して、どんなサービスをするのか知ってもらえたら……」

「悪いけど、そんな時間作れないよ。明日から新しいゲームの試作プレイをしないといけないの。当分無理。行けるとしたら……来週末くらいかな」

「それだと間に合わないんだ！　頼む、一生のお願いだ。うちの店を助けてほしい。ちゃんと借りは返すから」

「あのさ、剣士」

彼女は電子タバコを仕舞いながら、最後のセリフを言い放った。

「シナリオの件は今も感謝してるよ。でも、いつまでも恩着せがましくしないでもらえるかな？　昔の私じゃないんだから。……キツいこと言ってごめん。でも、これが本心。じゃあ、時間だから行くね」
多忙なキャリアウーマンとなった桃代は、そのまま足早に立ち去ったのだった。

◆

駄目だ……。
自分が情けない……。
翔太に合わせる顔がない……。

桃代の会社をあとにした剣士は、とてつもない疲労感を抱えて竹下通りを歩いていた。周囲は学生の集団やコスプレイヤーなど、エネルギッシュな若者ばかり。自分だって若いほうだとは思うが、人込みの中にいればいるほど、己の孤独さが身に染みてくる。
原宿駅への近道だから通っているだけなのだが、悩みなどなさそうな他人たちに妬ましさすら覚える。本当は自分以上に逼迫《ひっぱく》した人だって交ざっているかもしれないけれど、今の剣士にはそう思える余裕がまるでなかった。

なにしろ一日にふたりの女性から、カネを貸す価値のない人間だと断定されたのである。心がズキズキと痛む。うまく呼吸ができなくて苦しい。

「よかったらどうぞー」

誰かにポケットティッシュを差し出され、無意識に受け取る。虚《うつ》ろな目でティッシュを眺めた。中に入っていたのは、消費者金融のミニチラシだ。

――行くしかないか。

担保にするものがもうない自分が、いくら借りられるのか見当もつかない。でも、親戚や知人に頼る気にはなれなかった。断られたときの居たたまれなさに、甘ちゃんだった己の不甲斐《ふがい》なさに、これ以上耐える自信がない。

とりあえず、ここに電話してみよう。

スーツのポケットからスマホを取り出す。画面を見ると、翔太からの着信が何回も入っていた。メールも来ているようだ。スマホを取り出す気力さえ失っていたので、まったく気づかなかった。だが、自分からかけ直すのには抵抗がある。報告するのが辛すぎる……。

などと逡巡《しゅんじゅん》していたら、また翔太から電話がかかってきた。少しだけ迷ったが、思い切って出ることにした。

『剣士、剣士だな！』

「ああ、着信に気づかなくてごめん」

『心配したよ。あのな、さっき静香さんが戻って来てくれたんだ。桂子さんを説得してくれたらしい』

「え？」

『もう一回チャンスをもらえたんだ』

「はあ？」

『だから、もう一度腕試しをさせてもらうことになった』

「なんで？　あんなに厳しかったのに……」

『それがな、静香さんいわく、桂子さんはわざと厳しい態度を取っていたそうだ』

「わざと？」

『説明すると長くなる。とにかく、すぐに帰ってきてくれ。金策で駆け回らなくて済むかもしれない。じゃあな』

通話が終わった。剣士はスマホを握ったまま、竹下通りをダッシュで通り抜け、ひたすら家路を急いだのだった。

「ど、どーいうことっ？　桂子さん、なんでもう一度チャンスを？」

　新旧の店が連なる神楽坂を、猛スピードで駆け上がってきた剣士は、店の格子戸を開けるや否や、肩で息をしながらカウンターの翔太に問いかけた。

　ジーンズとニットに着替えた翔太の横には、昼間と同じスーツ姿の静香が座っている。

「まあ、落ち着いて。座ってコーヒーでも飲んでくれ」

「いやいい。水がある」

　ペットボトルの水をグイッと飲む。

「剣士さん、今日はごめんなさい。うちのお婆様が辛辣《しんらつ》なことを……」

　静香が手を合わせている。

「いえ、それはいいんです。言われて当然だなと思ったし。でも、わざと厳しくしたって、本当なんですか？」

「はい。お婆様、おふたりを試してたんです。どれほど本気で店をやろうとしているのか。翔太さんの味つけは、お婆様には甘すぎた。でも、技術やアイデアには見込みがあるって、本当に思ったそうです。だけど、あの時点で甘やかすと、おふたりのためにならない。だからあえて厳しい態度を取って、そのあとどうするのか見たかったんですって」

「……そう、なんですか？」

「ええ。あまりにも辛辣でお婆様らしくなかったから、あれから無理やり聞き出したんです。お婆様が不合格だって決めたとき、剣士さん、『すぐにお金を工面する』って言いましたよね。迷いもせずに。それで見直したそうですよ。経営者としての覚悟がありそうだと」

その話、本当に信じてもいいのか？

疑心暗鬼になっていた剣士は、無言で静香の話を聞いていた。

「お婆様に、もう一度チャンスを差し上げてほしいって、わたしからもお願いしました。そしたら、『三日後の夜にまた行ってもいい』って言ってくれたんです。二度目が今日以上のクオリティだったら、返済は相談に乗る。そう伝えてくれと言われました。こちら、お婆様からのお手紙です」

和風の封筒を手渡された。封はすでに切ってある。中の便箋には静香から聞いたような内容が、達筆な筆文字で綴《つづ》ってあった。

「――つきみ茶屋は、あたくしにとって大事なお店。静香にとっても同様だったようで、もう一度チャンスを差し上げてほしいと懇願されました。あたくしも剣士さんたちが本当に継いでいかれそうなのか、慎重に判断させていただきたいのです。試すようなことをいたしまして、誠に申し訳ございません。――か」

ため息と共に手紙を読み上げた。

「剣士さん、本当にすみません。でも、お婆様は初めから一回切りではなくて、二回くらいは腕試しをするつもりだったみたいなんです」

静香の言葉に、「そうだったんですね……」と弱々しく返事をする。

とりあえず助かった、という思いと、桂子さんも意地が悪いな、という文句が、頭の中で交差している。

「剣士、オレはもう一度やるぞ。いいよな？」

まだ事態を受け止めきれない剣士とは裏腹に、翔太はやる気で漲《みなぎ》っている。

「もちろんいいけど……でも、何を出せばいいんだろう……？」

すっかり気弱になっていた剣士は、腕を組んで考え込んでしまった。

今日の昼に提供した和華蘭料理よりも、クオリティの高いものを出さなければならないのだ。それがなんなのか、皆目見当がつかない。

「味つけは、もっとあっさりさせたほうがいいんだろうな。今日は江戸時代の和阿蘭料理にこだわったせいで、甘くしすぎてしまった」

「わたしは、すごく美味しく感じましたよ。さすがだな、って思いました」

静香が翔太を見つめる。とても頼もしそうに。

僕は翔太には敵《かな》わない。何をやらせても翔太には――。

またしても、剣士の中で嫉妬のような感情が芽生えそうになる。

いや、自己評価が低くなりすぎているだけだ。きっと散々な目にあったせいだろう。――そう自分に言い聞かせた。

「でも、お婆様はもう歳だから、こってりした味じゃないほうが……」

そこまで言ってから、静香は「あ、そうだ！」と声をあげた。

「お婆様、もうすぐお誕生日なんです。七十七歳のお誕生日。なにかヒントになりませんか？」

静香の言葉に、「七十七か。喜寿《きじゅ》の祝いだな」と翔太が反応した。

「ってことは、喜寿の祝い膳か。江戸前の本膳料理はどうだ？」

「じゃあ、玄さんに相談して……あっ、と」

口を滑らせてしまった剣士。静香は聞き逃さなかった。

「玄さん？　玄さんって誰ですか？」

「あの、ですね……」

なんと言えばいいのかあわてた剣士の前で、翔太がゆったりと声を発した。

「オレたちのアドバイザーです。江戸料理の研究家。いつもその人に相談をして献立を考えるんです。だから、本格的な江戸料理をお出しできるんですよ。べらんめえ口調の男性でして、オレも彼に影響されているから、たまにそんな言い方になってしまうんです。やったるぜぃ！　みたいな」

如才《じょさい》なく翔太が援護してくれた。

確かに、玄がアドバイザーであることは事実だ。とっさに言葉が出てくる翔太に心の中で感謝をしながら、自分もフォローを試みる。

「そうそう、玄さんに感化されてるんだよね、翔太は。料理するときも江戸弁が出るし、酒が入るとますます江戸っ子っぽくなっちゃってさ」

「だよな。自分がどんどん、ガチの江戸っ子になっていく気がするよ」

堂々たる物腰の翔太に、静香がやさしい眼差《まなざ》しを注いでいる。

「そうだったんですね。翔太さんが別人のように見えたときがあったんですよ。まるで誰かが乗り移っているみたいに。そういうことだったんですね」

納得した様子の彼女を見て、ひとまず安堵する。

「では、三日後の夜。そこで何をご用意すればいいのか、これから剣士と考えます。静香さん、本当にありがとうございました」

「わたしもつきみ茶屋が大好きなので、なんでも協力します。お手伝いできることがあったら、いつでも連絡してくださいね」

「マジで心強いです。桂子さんによろしくお伝えください。もう暗いので駅の近くまでお送りしますね」

剣士も愛想よく静香に告げた。


それから剣士は翔太と連れ立って、静香を神楽坂のメイン通りまで送った。

夕暮れの街にはネオンが点り、石畳をぼんやりと照らしている。

昔ながらの和菓子屋、和装小物店、老舗料理店。そして、神社仏閣……。

かつてお茶屋が軒を連ねていた頃の風情が、神楽坂には今もあちらこちらに残っている。「あまりにも変わっちまった」と江戸時代からいきなり現代に現れた玄は嘆いていたが、他の繁華街よりもずっと古き良きものを大事に守っている街だと、剣士は常々感じていた。

ではまた、と小さく手を振ってから、静香が坂を下りていく。

その姿を見送ってから、翔太と肩を並べて歩きながら家に戻った。

左右に黒塀の料亭が並ぶ見慣れた路地裏。物心がついた頃からずっと見てきた風景が、昼から激しく揺れ動いていた剣士の心を、しっかりと静めてくれた。


「今夜は残りものでサクッと夕飯を作ろう」

帰宅後、そう宣言した翔太が作ってくれたのは、三品の料理だった。

まずは、〝蕎麦粉のガレット〟。蕎麦粉に卵や水、塩を加えた生地をクレープ状にしたものに、ハムとチーズを載せて四方を折りたたみ、フライパンで焼いたフランス・ブルターニュ地方の郷土料理である。

そして、バターで炒めた玉ねぎとピューレ状にした茹《ゆ》で栗に、ブイヨンや牛乳を加えて作った〝栗と玉ねぎのポタージュスープ〟。中身をくり抜いた皮つき玉ねぎを器にした、見た目もユニークな逸品だ。

それから、鶉に詰め物をしてオーブンでカリッと焼き上げた〝鶉のファルシー〟。拳大ほどの小ぶりな鶉が、香ばしい焼き色をまとって丸焼きになっている。詰め物は、トリュフパウダーで香りをつけた胡桃入りのリゾット。どう考えても美味しいに決まっている。

　蕎麦粉、栗、鶉。使用した食材のほとんどが、桂子と静香に提供した和華蘭料理の残りものであった。

「すげー。残りものでサクッと作ったとは思えない。めっちゃ豪華で手が込んでるよ」

　カウンターに並んだふたり分の料理。剣士はお気に入りのシャブリを、ふたつのワイングラスに注いだ。

「それほどでもないけどな。今日はお互いに頑張ったから、とりあえず乾杯《かんぱい》しよう」

「そうだね。結果はともかく、だけど。今夜はオーストラリア産のシャブリをチョイスした。軽いからどんな料理にも合うはずだ」

　軽く掲げ合ってから、グラスに口をつけた。

　酸味の少ない軽やかな白ワインが、喉の奥へと落ちていく。

　倦怠《けんたい》感。徒労感。挫折感。焦燥感……。

　今日一日で味わった黒い感情が、一緒に溶け落ちていくような気がする。

「じゃあ、まずはガレットから。いただきます」

　早速、剣士が熱々のガレットをナイフでカットし、フォークで口に運ぶ。口内も心の中も、美味しさで満たされていく。

「――外側はパリッとしてるけど、中は蕎麦粉ならではのモチモチとした食感。噛むとチーズがトロンって溢《あふ》れてくる。ハムとの相性も悪いわけがない。やっぱ、翔太のフレンチは最高だな」

「ありがとう。最近は和食ばかり作っていたから、たまにこういう料理が作りたくなるんだ」

「わかるよ。僕も日本酒じゃなくてワインが飲みたくなる。そもそもここは、フレンチ風のつまみとワインを出す店にするはずだったんだからね」

続いて味わった栗と玉ねぎのポタージュも、自然の甘みがバターのコクと共に口いっぱいに広がる。ほっこりとしたやさしい味わいだ。玉ねぎの器からスプーンでスープをすくうという行為が、よりポタージュを美味しく感じさせる。

「皮つき玉ねぎをカップに見立てるなんて、ホント面白いこと考えたね」

「捨てるのがもったいないと思ってしまったんだ」

「それ、玄さんのモットーだよね。食材は使い切る。ゴミは極力出さない。天然食材しか使わない。翔太も影響されてるんだな」

「だな。最近は皮も捨てずにどう使うか考えるようにしているし、化学調味料は一切使わなくなった。天然にこだわりすぎるとコストが上がるから、ほどほどにしないといけないんだけど」

「そういえば、僕も食べなくなったなあ、インスタントラーメン。前はしょっちゅう食べてたのに」

「俺と玄が料理を作るからだろ。インスタント系も食べていいんだぞ」

「いや、やっぱ手作り料理に敵うものはないよ。鶉のファルシーもめっちゃウマそう。いただきます」

香ばしく焼き上がった鶉の皮に、さっくりとナイフを入れる。中に詰まった胡桃入りリゾットから、ほんわり湯気が上がる。もう、たまらない。鶉肉とリゾットをフォークですくい、急いで口の中に放り込む。

「――ウマい！　肉汁が溢れる柔らかい鶉と、トリュフの香りがするリゾット。胡桃の食感もいいアクセントになってて、丸ごと一気に食べたくなる美味しさだ。ひき肉にした松風焼きよりも、僕はこっちが好きだな」

「まあ、肉は丸ごと焼くのが一番だって、オレも思うよ」

翔太もしきりにナイフとフォークを動かしている。

「今日は玄が作った江戸の味を活かしたんだけどな。味つけが甘すぎたのは不覚だった。オレの反省点だ」

その言葉で、桂子の借金問題が脳裏に蘇《よみがえ》ってきた。

桃代に断られた件について、翔太に報告しておこう。胸が痛いけど。

「実は今日、翔太も知ってる桃ちゃんの会社に行ったんだ。借金を頼みに。だけど……」

剣士がそこまで言ったとき、「その話はもういいよ」と、翔太は穏やかに遮った。

「オレは次の腕試しで絶対に勝ちたい。だから、明日起きたら玄に喜寿の祝い膳について訊《き》いてほしいんだ。江戸時代はどんな料理で祝っていたのか、リサーチしたい。いつものように、会話も録音しておいてもらえたら助かる」

「わかった。……ありがとう」

詳細を問わずにいてくれる気遣いが、無性にありがたい。

「こちらこそ、感謝してるよ。金策に飛び出した剣士を尊敬する」

「尊敬……？」

意外すぎる言葉を受け、翔太の端整な横顔を凝視する。

「オレは、誰かに頭を下げてカネを借りることなどできない。相手が身内ならなおさらだ。きっと闇金にでも手を出して、身を滅ぼすタイプだな。いらんプライドのせいだ。そんなものにとらわれない、真っすぐな剣士が誇らしいよ。さすが、つきみ茶屋の七代目店主だ」

そのやさしい声音が、剣士の傷まみれになっていた心を、温かく柔らかく癒《いや》してくれた。

なんていいヤツなんだろう。静香が翔太を褒めたときに、嫉妬めいた感情を抱いた自分が情けない。

「翔太、あのさ……」

「ん？」

ふわり、と翔太が微笑んだ。人を安心させる笑顔だ。

「僕も包丁が使えるようになりたいんだ。厨房を手伝えるようになりたい」

「え？」

驚いた表情をする彼に、正直な想いを伝えた。

「いい加減に刃物恐怖症を克服したいんだよね。なんかいい方法ないかな？」

「剣士……。そうか、ついに決心したんだな」

ガシッと右肩を摑《つか》まれた。

「うん、した。甘ったれだった自分と決別したい」

「よし、オレはなんでも協力する。その覚悟に拍手を送りたいくらいだよ」

意外なほどよろこんでくれた。感謝で胸が一杯になる。

「刃物恐怖症の克服方法か。何がいいかな……」

腕を組んで少し考えてから、翔太は言った。

「そうだ、ハサミは使えるか？」

「オモチャっぽいのなら大丈夫だ。ハガネとかステンレスの、いかにも刃物って感じのは苦手だけど、刃に色のついたハサミなら使えると思う」

「だったら、包丁も色つきにすればいいんじゃないかな。オレが持ってきた調理器具の中に、セラミック製の黒い包丁がある。それを試してみて、無理だったら色つきのハサミから慣らしていけばいい。ハサミが使えるなら調理もできるようになるぞ」

「なるほど。それならイケるかもしれない」

「恐怖症を克服したいと思っただけでもすごいことだよ。うん、いい流れだ」

翔太はますます笑顔になっていく。

「剣士。オレはさ、今回の借金問題は好転反応だと思っているんだ」

「好転反応？」

「夢や目標が叶《かな》う直前に訪れる、最後の試練みたいなもんだ。これを乗り越えたら、きっとステージが変わる。谷が深いほど山も高いからな。オレたちの山は、かなり高くなるぞ」

自信たっぷりな言い方が、なんとも心強い。本当に得難い親友だ。

この翔太と一緒に、どうにか問題を解決していかなければ。谷底から駆け上がって、山の頂《いただき》を目指すのだ。そのために、もっと自分も強くなりたい。

いや、強くならなければならない。

まずは刃物恐怖症を克服してやる！

剣士は改めて決意してから、フレンチとワインの晩餐《ばんさん》を翔太と共に味わったのだった。

第3章　「家族団らんの特製ばら寿司《ずし》」

「――でね、玄さん。また相談に乗ってほしいんだけど」

　翌日の朝。玄が握ったおむすびを店のカウンターで頬張りながら、剣士は話を切り出した。スマホで会話の録音もしている。

　土鍋でふっくらと炊き上げた、オコゲの混じる白米。天然塩をまぶし、炙《あぶ》った海苔を巻いただけの〝具なしおむすび〟なのに、いつも通り飛び切り美味しい。油揚げと長葱《ながねぎ》の味噌汁。玄お手製の大根の葉と実の糠漬《ぬかづ》け。それだけの質素な朝食が、剣士の舌と胃をよろこばせる。

　昨夜は翔太が作ったフレンチの夕食、今は玄が作った和の朝餉《あさげ》。両方を味わっている自分は幸せ者だと、剣士はしみじみ感じていた。

「なんの相談だい？　あの赤毛の婆さんに食わせる献立のことなら、まっぴら御免だね。俺の和華蘭料理を甘すぎるとか抜かしたんだろ。んで、また飯を食いに来るってか。はぁ――――ん、なんとも図々しい婆さんだねぇ。冗談じゃねぇぞ、おとといきやがれってんだ」

腕試しの結果を報告してしまったため、玄はふくれっ面のままだ。いつも冷静な翔太とは、まったく表情が違う。

「そう言わないでくださいよ。桂子さんは、僕に経営者の自覚があるのか、確かめただけなんだから。お陰で気合も入ったし、自分の甘さも認識できてよかったですよ。ところで玄さん、喜寿の祝いって知ってます？」

「あったりめぇだろ。そんな長生きするやつ、滅多にいねぇからな。目出度《めでた》いに決まってるさ」

「江戸の人は、どんな料理で祝うのかなあ」

「まあ、鯛《たい》の尾頭つきは外せねぇだろうな。あとは……ってよ、俺にしゃべらせるんじゃねぇよ！　赤毛の婆さんを祝う料理なんかねぇからな」

朝餉を食べ終えた玄は、さっさと厨房に行き洗い物を始めてしまった。

うーむ、困った。へそを曲げてしまった玄さんを、どうしたら和《なご》ませられるんだろう……。


　剣士も空になった器を流し台に持っていく。

「ごちそうさまでした。玄さんの作ってくれるご飯、本当にウマいです。最高。いつもありがとうございます」

「俺を持ち上げようったってそうはいかねぇよ。お前さんの考えることなんざ、全部お見通しだからな」

　剣士の父が着ていた紺の着物姿の玄。袖を紐《ひも》でたくし上げて、ガシガシと洗い物を続けている。左目にかかる一部だけ白い前髪は見えない。翔太が用意した黒いヘアバンドで隠れているからだ。これまでは手拭いをねじった鉢巻きをしていたのだが、装着が楽なヘアバンドを気に入ってしまったらしい。

「玄さん、お願いしますよ。次の腕試しで桂子さんに認めてもらえたら、借金問題は解決するんです。そうじゃないと、つきみ茶屋は再開できないんですよ。店を売らないと、親父の借金が返せないんです」

「誰かいねぇのかよ、銭を貸してくれるやつ。俺なんざ、最初は兄貴と屋台から始めて、御贔屓《ひいき》さんが助けてくれてよ。店を出すための銭を貸してくれたもんさ。お前さんにはいねぇのかい？　太っ腹の御贔屓さんがよ」

玄の言葉で、桃代に冷たくあしらわれたことを思い出してしまった。と同時に、この人は自分と違って、ゼロから店を立ち上げたんだよな……。と、玄への敬意も感じていた。

「玄さんはスゴイですよ。屋台から店を大きくしていったんだから。僕には飲食店経営の経験がないから、信用もない。今の僕にカネを貸してくれる人なんていないんです。恥を忍んで従姉に頼みに行ったけど、断られちゃったし」

するると玄は、水を止めて剣士に視線を移した。

「翔太はどうなんだよ。あいつには紫陽花亭って立派な実家があるじゃねぇか。お父つつぁんに相談してみたのかよ？　あんなすげぇ料亭だぜ。しかも、俺の子孫だ。翔太のためにひと肌脱ぐくれぇ、してくれるんじゃねぇのかい？」

（オレは、誰かに頭を下げてカネを借りることなどできない。相手が身内ならなおさらだ）

翔太の言葉が脳裏をよぎる。

「それは無理です。翔太はご両親と仲違《なかたが》いしてるんですよ、もう何年も。実家に帰ることすら嫌がるんです。だから……」

「なんだとぉ？」と、玄の顔色が変わった。

「俺の子孫なのに親子で仲違い？　なんでそんなことになっちまったんだよっ？」

いきり立つ玄。しまった、余計な話をしてしまった……。と後悔した剣士だが、仕方がなく翔太とその両親について、知っていることを手短に説明した。

翔太が小学生の頃、家では横暴だったという父の風間栄蔵《えいぞう》に実母が愛想をつかし、若い従業員と駆け落ちしたこと。それが噂《うわさ》となり、翔太が学校で酷いいじめを受けたこと。栄蔵の後妻となった貴代《たかよ》は、翔太にとっていい母親ではなく、むしろ意地悪な継母《ままはは》だと感じたらしいこと。

その結果、翔太は大学進学を機にひとり暮らしを始め、生活費はフレンチレストランやバーのバイトで賄っていたことや、紫陽花亭は翔太の姉・水穂《みずほ》が婿養子を取り、その婿・栄人《えいと》が跡取りとして働いていることも伝えておいた。

「――なるほどな。それで実家に戻らないのか。苦労したんだなぁ。男前で切れもんだけど、どっか寂しい眼をしてるもんな。あの、なんだ、でっけえ鼠《ねずみ》の作りもん」

「カピバラのぬいぐるみ？　翔太が抱き枕代わりにしてるやつ？」

「そうだ。翔太と入れ替わって朝起きるだろ。そいつをぎゅーっと抱きしめてることがあるんだよ。確かに抱き心地はいいけどよ、大人びた翔太らしくねぇなと思ってたのさ。実はあいつ、おっかさんの愛情に飢えてたのかもしれねぇな。そういう男はよ、誰かに甘えたくてもできなくなっちまうんだ。その代わりに玩具を大事にしてるのかもなぁ……」

翔太の顔と声で翔太を分析する玄。かなり違和感のある状況だが、玄なりに子孫である翔太を心配しているのだろう。

「よっしゃ、わかった。俺がひと肌ぬいだる」

「はい？」

不吉な予感がした剣士の前で、玄は袖を上げている紐とヘアバンドをはずした。

「んじゃ、ちくっと行ってくるわ」

壁にかかっていた羽織《はおり》をはおり、店から出ていこうとする。

「ちょ、ちょっと待って！　玄さん、どこ行くんですか！」

あわてて止めた剣士に、玄は陽気に答えたのだった。

「紫陽花亭さ。前に行ったことがあるだろ。次はもっとゆっくりしてぇなって思ってたんだよ。なんてったって、俺が初代の店だからな。子孫たちとも話してぇしよ」

「やめて――――！　翔太がおかしくなったって思われる。玄さん、頼むからやめてください！」

後ろから羽交い絞めにしたのだが、玄は素早く振り払う。

「翔太の振りしてやっから大丈夫だ。あいつとお父っつぁんの仲を取り持ってやる。俺に任せとけぃ！」

勢いよく飛び出していった玄を、剣士は必死で追いかけた。

もー、なんでこうなるんだよ！　次から次へと問題ばっか起きて。マジ勘弁してくれよっ！　と内心で叫びながら。

◆

新宿区・神楽坂のつきみ茶屋から、文京区・小石川にある紫陽花亭までは、徒歩二十分ほどかかる。だが、全力で走り続けた玄と、そのあとを追った剣士は、十分くらいで着いてしまった。

お互いに息も絶え絶えのふたりは、先ほどから紫陽花亭の前で睨み合っていた。

夜しか営業していない紫陽花亭。黒塀で囲われた、嘉永《かえい》六年創業の老舗料亭。しっかりと閉じた木製扉の上には、歴史を感じさせる木彫りの看板が掲げられている。

扉の奥には二階建ての瀟洒《しょうしゃ》な日本家屋があり、庭には松の木と紫陽花の花壇がある。その立派な松の木は、玄がこの場所で小さな料理屋を構えたときからそびえ立っていた。

「……玄さん、本当に、勘弁して、ください」

「……お前さん、こそ、しつこいんじゃ、ないかい」

ハーハーゼーゼーと息継ぎをしながら、剣士はどうにか玄を説得しようとしていた。

「ここで待ってても、誰も出てきませんよ。住まいは別にあるんだから」

「じゃあ、住まいに案内しろや。ここの近くだろう？」

近くどころか店の裏側に二世帯住宅があり、一方の棟には翔太の両親、もう一方には姉・水穂の家族が暮らしているのだが。

「ダメですって。翔太の家族に迷惑がかかるから」

「何度も言わせせんなよ。翔太の振りすっから任せとけって」

「無茶ですよ。肉親が翔太の変化に気づかないわけないでしょ」

「前は大丈夫だったじゃねぇか。水穂と会ったときはよ」

「僕が誤魔化したからですよ！　しかも一瞬だったから。ねえ、ワガママ言ってないで帰りましょうよ」

「いや、俺の子孫に会うまでは絶対に帰らねぇ」

押し問答が続く。このままでは埒《らち》が明かない。

すると、いきなり信じがたい声が聞こえてきた。

「翔太！　それに剣士くん！」

大あわてで声の主を見たら、水穂だった。買い物のエコバッグを手にしている。スキニージーンズにポンチョ風のジャケット姿。相変わらず、小学生の息子がいるとは思えないほど若々しい。

「おお、水穂か。剣士、ここに来た甲斐《かい》があったな」

玄が水穂のほうに歩いていく。

「どうしたの翔太。すっかり和装になっちゃって。また前髪にメッシュ入れたんだね」

水穂は何も疑うことなく、玄に近寄ってくる。

待て待て、待ってくれ！　頼むから不用意な発言をしないでくれ！

剣士はあわてて玄のそばに走り寄ったのだが……。

「水穂、親父殿はどこにいるんだい？　ちょいと用事があってな。会いたいんだよ」

やっちまった……。とても翔太の言葉とは思えない。

思わず天を仰いだ剣士の前で、水穂は大きく目を剝《む》いた。

「ちょっと翔太、どうしちゃったの⁉　水穂？　いつもは姉さんって呼ぶじゃない。それに、今まで口も利かなかったお父さんと会いたいなんて、あり得なさすぎる。頭でも打っちゃったの？」

それだ！　と、対処に迷っていた剣士は心の中で手を打った。

「水穂さん、そうなんです。翔太、廊下で足を滑らせて頭を打っちゃったんです。なんか、記憶が錯乱してるみたいで」

「えっ？　やだ大丈夫？」

急に心配そうになった水穂が、玄の頭に手を伸ばす。だが、玄はその手をひょいとかわした。

「大丈夫だ。俺はいたって正気でぃ。水穂、俺を親父殿に会わせてくれ」

「全然正気じゃないじゃない！　剣士くん、病院には行ったの？」

「これから連れて行くところなんです！」

よし、これでなんとか誤魔化せそうだ。

「翔太、行こう。水穂さん、ご心配をかけてすみません」

玄の腕を摑み、無理やり引きずりながら「頼むから言う通りにして」とささやいたが、「いや駄目だ。親父殿に会うまでは帰れねぇ」と玄は足を踏ん張る。

「親父殿、って……。かなり重症だわね。病院、わたしも一緒に行こうか」

ますます心配そうに水穂は眉をひそめる。

「とりあえず僕が付き添います。何かあったらすぐにご連絡しますから」

そう言って再び玄を引っ張ろうとした刹那《せつな》、絶対的ピンチが訪れた。

「お母さーん」

無邪気な声。紫陽花亭の裏手から、水穂の息子で翔太の甥《おい》っ子、和樹《かずき》が現れた。小学二年生である和樹の小さな手を引いていたのは、あろうことか、翔太の父・風間栄蔵だった。

「あー、翔太兄ちゃんだ！　今ね、お祖父《じい》ちゃんとお散歩に行くとこなの」

「和樹くん！」

とっさに剣士は叫んでいた。

「ごめん、翔太は遊びに来たんじゃないんだ。通りかかっただけ。すぐに行かないといけなくて」

あああ、まさか風間さんが出てくるとは。どうにか穏便にこの場を立ち去りたい。いや、立ち去らなければ！

そんな剣士の気持ちなど知る由《よし》もない玄が、剣士を振り払って風間の前に走り寄ってしまった。

「親父殿。今日は親父殿に謝りにきやした。今まで親不孝して済まなかった。この通り、お詫《わ》びいたす」

おい、マジかよ！　と剣士は我が目を疑った。

なんと、玄が道端で土下座をしようとしているのだ。

「あーっと、翔太、早く病院に行こう。風間さん、すみません。翔太、転んで頭を打ったから、ちょっと混乱してるみたいなんです」

剣士は急いで玄を抱え上げ、土下座を無理やり阻止した。

「剣士、俺の邪魔をするんじゃねぇよ！」

「いや、翔太こそいい加減に目を覚ませ。いつもの翔太に戻ってくれ！」

ドタバタする剣士と玄を、往年のヤクザ映画に出てきそうな風貌の風間が、黙って見つめている。水穂と和樹もあっけに取られている。

「遥か昔に立ち上げた店を、こんなに立派に育ててくれて。俺は感無量だよ。本当にありがたいよ」

今にも泣き出しそうな玄。自分の生きた証《あかし》である店が、百七十年以上も経った今も残っている。その感動はよくわかるのだが、事情を把握していない風間家の人々は、ますます困惑するだけである。

「……剣士くん」と、風間に野太い声で呼ばれた。

「は、はい！」

「うちの放蕩《ほうとう》息子をよろしく頼む。早く病院に連れていってくれ」

憐《あわ》れむような表情をしてから、風間はクルリと背を向けた。

「お祖父ちゃん、お散歩はー？」

「またあとにしよう。水穂、和樹を連れて帰りなさい」

「そうだね。和樹、とりあえずおうちに戻ろう」

「はぁーい」

残念そうに和樹が答え、祖父から離れて水穂の手を握った。

着物姿の風間は下駄《げた》の音を鳴らしながら、来た道を戻っていく。

「親父殿、ちょいと待っておく……れ……むぐっ」

「静かにして！」

風間の元に行こうとする玄を、後ろから羽交い絞めにして口を手で塞ぐ。

聞こえなかったのか、わざとなのか、風間は振り返りもせずに住居のほうへ歩いていった。

ふー、とりあえず風間さんは誤魔化せた。あとは……。

「剣士くん、本当に翔太、大丈夫なのかな？　行動が異常すぎて心配。まるで別人が乗り移っているみたい」

この水穂をなんとかしなければ。

「水穂さん、僕がちゃんと病院に連れていきますから……あっ！」

剣士はふいに、玄から突き飛ばされた。

「おぃおぃおぃおぃおい！　さっきからなんでぃ、俺の邪魔ばっかしやがって。いい加減にしやがれってんだ！」

啖呵を切った玄を、和樹が食い入るように見ている。

「ねえねえ、お母さん。この人、翔太兄ちゃんじゃない。すごく似てるけど、別の人だよ」

子どもならではの直観力なのか、和樹ははっきりと断言した。

「……だよね。わたしも別人だとしか思えなくなってきた。もしかして、そっくりさん？」

水穂は気味が悪そうにしている。

「そっくりさん、だと？」

玄は両手を腰に当てて水穂と向き合った。

「俺はそっくりなんて名前じゃねぇ。玄だ。玄米の玄。二度と間違えんなよ」

なんと、憤慨した玄は翔太の振りをすることすらやめてしまった。

「はあ？　玄？　玄って誰？　剣士くん、翔太に何があったのっ？」

……もう無理。お手上げだ。これ以上は誤魔化しきれない。

かくなる上は、この親子を味方に引き込むしかない。

「水穂さん、ちょっと話を聞いてもらってもいいですか？」

こうなったら真実を打ち明けよう。金の盃、玄の憑依、翔太の現状。しっかり者の水穂なら、弟の理解者になってくれるはずだ。

腹を括《くく》った剣士は、水穂に真実を告げた。

「落ち着いて聞いてください。翔太は江戸時代の料理人に、憑依されてしまったんです」

◆

数分後。剣士と玄は水穂の家のリビングで、対面式のソファーに座って水穂と向かい合っていた。和樹は水穂の近くに座り込み、色鉛筆でせっせと絵を描いている。

「――もう一回聞くけど、あなた、本当にわたしたちの先祖なの？」

「そうだって言ってるじゃねぇか。ここは俺が兄貴と作った『八仙《はっせん》』って店が初代なんだ。そのあとのことは知らねぇよ。俺はお武家様の毒見で死んじまったからな」

翔太の振りをあっさりとやめた玄は、水穂にすべての事情を明かしていた。

なかなか信じない水穂に、剣士も必死で説明を続けている。

「ほら、前に水穂さんが話してくれたじゃないですか。この店は明治の半ばに火事で焼けたから、初代の記録が残ってない。でも初代の頃、仕事中に亡くなった料理人がいたって伝承は、残ってるんですよね？」

「まあ、そうだけど……」

「その亡くなった料理人が、玄さんなんです。玄さんは僕の祖先に当たる、お雪という芸者さんにほのかな想いを抱いていた。玄さんが亡くなったあと、つきみ茶屋の二代目女将になったのがお雪さんなんです。ねえ玄さん？」

「そうさ。お雪さんは踊りも三味線も滅法上手でな。俺はお雪さんのために、とっておきの膳を作りたかったんだ。だけど、その夢は叶わなかった……」

しんみりとする玄を、水穂が疑わしそうに見ている。

「料理人としても男としても、この世に未練があった玄さんの魂は、毒見で使った金の盃に封じ込められてしまったんです。その盃は、月見家に代々伝わっていた、絶対に使ってはいけないとされていたもの。なのに、翔太がうちに引っ越してきたとき、どういうわけかその盃で酒を飲んじゃったんですよ。そのときから翔太と玄さんは、寝るとお互いが入れ替わるようになっちゃったんです」

二度目の説明を終えた剣士だが、水穂はしきりに首を捻っている。

「確かに、亡くなった料理人の伝承はあるし、この人が翔太じゃないってことはわかる。でも、魂が憑依したなんて信じられないよ」

「そりゃそうだわな。でもな水穂、この世には見えない世界ってのもあるんだよ。古今東西、化け物やら幽霊やら、不思議な伝承はいくらでも残ってるだろ。俺は魂の存在だから、わかることがいろいろあるのさ」

訳知り顔で玄が言う。

「俺はな、血族にしか取りつけないんだよ。あの盃を使ったのが翔太だったから、うまいこと取りついちまったんだ。申し訳ないと思ってるよ。でもよぉ、俺が踏ん張ったから、剣士と翔太はつきみ茶屋を江戸料理の店にするって決めてくれたんだぜ。店の暖簾を守るってな。ちくっと感謝してくれてもいいんじゃないかい？　なあ剣士？」

厚かましい！　と思った剣士だが、それは事実だ。

「いろいろとやっかいなことばっかなんですけど、玄さんの言う通りです。翔太が江戸料理を作れるのは、玄さんがいてくれるからなんですよ。玄さんはお節介……というか世話焼きタイプなんです。今日だって、翔太と風間さんの仲を取り持つからって、こちらに押しかけてきちゃって……。本当は風間さんにも打ち明けたいんですけど、きっと信じてはもらえない。でも、水穂さんにだけは本当のことを伝えておきたかったんです。この先、何か起きたときのために。もう、僕だけじゃ誤魔化しきれなくなりそうだから」

一気にしゃべったので喉がカラカラだった。水穂が淹れてくれた緑茶をグイッと飲み干す。すっかり冷めていたが、すこぶる香りのいい緑茶だった。さすが高級料亭の次期女将である。

「……ごめんなさい、やっぱり理解が追いつかない」

「……ですよ、ね……」

それ以上、剣士には水穂に言えることがなかった。

「ねえねえお母さん、お腹《なか》すいたー」

突然、和樹が言い出した。

「お昼まで待ちなさい。お父さんも、もうすぐ帰ってくるから」

お父さんとは、水穂の婿養子となった栄人のことだ。

「あ、長居しちゃってすみません。僕たちそろそろ帰ります。玄さん、行きましょう
……あれ？　玄さん？」

なんと隣の玄は、小首を傾けて居眠りをしていた。

はやっ！　寝るのが早すぎる！

「玄さん、いつもこうなんです。子どもみたいにはしゃいだかと思えば、すぐ寝ちゃ
ったりして。……あ、ヤバい……」

見る見る間に、玄の白かった前髪が茶色に戻っていく。

「やだ、なに？　髪の色が変わった！」

水穂の大声に反応したかのように、翔太が目を開けた。

「……姉さん。和樹。なんでオレがこの家に？」

「ごめん翔太、玄さんがまた暴走した」

「翔太！　あんた、本当に取りつかれてたのっ？」

「あっ、翔太兄ちゃんだ。今度は本物だ！」

剣士、水穂、和樹の声が重なり合い、翔太は顔をしかめる。

「オレはまた着物にふんどしだ。何があったのか、説明してくれないか？」

静かな怒りを発しながら、翔太は剣士に視線を向けた。

「——あのクソ親父に土下座したのかっ？　このオレが!?」

握った拳を震わせながら、翔太は憤怒《ふんぬ》を抑えている。

「許せん。玄のやつ、絶対に許さない！」

「大丈夫だ。土下座は僕が阻止したから」

「そういう問題じゃない！　謝りに来たこと自体が許せないんだよ！　あの親父、試食会でオレを試しやがった。豆腐百珍の料理を作れってな。なんとか作れたが、みんなの前で恥をかかせようとしたんだ。そんなやつに、なんでオレが謝る必要があるんだよ！　玄の野郎、絶対に許さないからな！」

感情をむき出しにする翔太。どちらかというと物静かなタイプだったのだが、玄に取りつかれてから激しい表情を見ることが多くなっていた。こんな風に、玄に振り回されることが増えたからだ。

「まあまあ翔太、落ち着いて。剣士くん、必死であんたを庇《かば》おうとしてたんだから。転んで頭を打ったから混乱してる、病院に連れて行くんだって、お父さんには言い通してたしさ。玄さんのお節介を止めようとして頑張ってたんだよ」

魂の憑依を疑っていた水穂も、前髪の変化と翔太自身の言葉で、玄の存在を認めざるを得なかったようだ。気づけばすっかり受け入れている。

「翔太兄ちゃん。玄さんから戻れてよかったね」

あどけない表情の和樹が、ふいに発言した。

「和樹はさ、翔太の変化に気づいてたみたいなんだよね。子どもは鋭いんだねえ」

水穂が若干誇らしげに述べる。

「そうか。和樹にはオレと玄が見分けられるんだな」

「うん。あのね、子どもは大人には見えないものが見えるんだって。学校の先生が言ってた」

なんてことない口調で和樹が言う。かなり肝が据わった子のようだ。

「もー、この子は変に大人びたところがあるのよね。学校でもちょっと浮いてるみたいで……」

と、やや心配そうな水穂。

「さすが和樹くん。玄さんの子孫だけに霊的なセンサーがスゴイんだねえ」

……などと言いたくなった剣士だが、場の空気にそぐわない気がして言葉を引っ込める。

「それにしても、翔太と玄さんが入れ替わり続けるなんて、困ったもんだよね。あんたが金の盃なんか使うから、面倒なことになっちゃって……」

はあー、と水穂が息を長く吐く。

「オレの意思で使ったわけじゃない。玄の魂に引き寄せられたんだよ。そうじゃなきゃ、剣士の家のものを勝手に使ったりしない。絶対に」

「わかったわよ。ムキになるなんていつもの翔太らしくないなあ」

「オレが身勝手な行動を取ったせいにされるのは心外だ。姉さんにはちゃんと理解しておいてほしいんだよ」

弟が姉に訴えている。

「そう、翔太のせいじゃないんです。むしろ被害者と言ってもいいくらいなんですよ。今朝みたいなことがまた起きたら、僕たちの力になってください」

剣士も水穂に頼み込む。

「はいはい、わかりました。でもさ、なんとかできないのかな？　玄さん。また盃を使えば封印できるんじゃないの？」

「そうかもしれないけど、オレと剣士はあえて共存の道を選んだんだ。玄がいれば江戸時代の料理がリアルに再現できるから。だけど、デメリットのほうが大きくなるようなら考え直さないとな。今日みたいなことが起きると、即刻封印したくなる」

先ほどから翔太は、苦々しい表情を崩さない。

「翔太、玄さんを止められなくてごめんな。僕なりに頑張ったんだけど、水穂さんたちには隠し切れないと思ったんだ。この先のことを考えると、味方がいてくれたほうが安心だから」

「……まあ、剣士の苦労もわかるし、英断だとは思うけど」

翔太が落ち着きを取り戻してきたので、剣士は肩の力が少しだけ抜けた気がした。

「そういうことなんで、水穂さんも和樹くんも、翔太に玄さんが取りついてること、誰にも言わないでほしいんです。変な誤解を生むといろいろ面倒だから。お願いします」

念のため、口止めもしておいた。

「そうねえ。たとえ話したとしても信じられないでしょうしね。さっきまでの私みたいに」

「僕、言わないよ。大人には見えないんだから、言ってもしょうがないよ」

どこか達観したような和樹に、翔太が目を細めている。

「和樹、しばらく会わないうちに大きくなったな。相変わらず賢そうだ」

「ねえ翔太兄ちゃん、トランプしようよ。また遊んでくれるって前に言ったじゃん」

いつの間にか和樹は、トランプを手にしていた。

「よし、たまにはやるか。大富豪」

機嫌を直した様子の翔太が、和樹に微笑む。

「やった————！　ねえ、8切《やぎ》りありにする？　なしにする？　何回戦？　負けたら罰ゲームあり？」

いきなり和樹のテンションが上がった。達観しているように見えても、まだまだ子どもなのだ。

「お母さんもやろうよ」

「お母さんはダメ。お昼の仕度するから。翔太、そのあいだだけ和樹と遊んでてくれたら助かる」

「ああ。剣士も付き合ってくれ。和樹、大富豪が天才的に強いんだよ」

「それはいいけど……長居しないほうがいいんじゃないか？　水穂さん、もうすぐ旦那さんが帰ってくるんですよね？　隣の風間さんたちも来るかもしれないし」

風間さんたち、と言った瞬間、翔太が身体を強張らせた。

「栄人さんはいいけど、あの横暴な親父と意地悪な継母とだけは、絶対に関わりたくない。帰るぞ、剣士」

「ええー？　やろうよトランプー」

和樹はすでに、やる気満々でカードを配っている。

「まあ、いいから少し遊んでやってよ。お父さんたちがうちに来ることなんて滅多にないから。ついでにお昼も食べてって。すぐ用意するからさ」

「いや、そんな、申し訳ないです」

剣士が水穂に遠慮していたら、玄関扉が勢いよく開き、「ただいまー」と声がした。

「お父さん、お帰りなさい！」と和樹が玄関に駆けていく。

「今ね、翔太兄ちゃんが来てるんだよ。お友だちの剣士さんと」

楽しそうな和樹に手を引かれて、人の良さそうな割烹着姿の男性がリビングに入ってきた。

「うわー、久しぶりだねえ、翔太くん。剣士くんも」

「栄人さん、ご無沙汰してます」と翔太が答え、剣士も挨拶を交わす。

水穂の婿養子の栄人。剣士と翔太が同じバーに勤めていた頃、何度か水穂と飲みに来てくれたことがある。非常に真面目で、いくら飲んでも荒れたりせず、きれいな飲み方をする人だった。

「さっき仕込みが終わってさ、余りもんの魚、持ってきたんだ。お昼作るから、翔太くんたちも食べていきなよ」

栄人が食材の入った大きなタッパーを掲げる。

「いやでも……」

再び剣士は断ろうとしたが、正直なところ、紫陽花亭の次期主人となる栄人が何を作るのか、興味は引かれていた。

「いいからいいから。さっきね、翔太と剣士くんが来てるって、うちの人にメールしたの。だから、食材を多めに持ってきてくれたんだよ。ね？」

「実はそうなんだ。悪いんだけど、和樹と遊んでやって。僕と水穂が昼の仕度するからさ」

水穂と栄人に再度勧められ、「じゃあ、ご馳走になっていくか」と翔太が答える。

「やったーーー！　じゃあ、カード配るからね！」

張り切る和樹のはしゃぎ声が耳に心地よい。

かくして剣士は、翔太と和樹と三人でトランプゲームをしながら、支度が整うのを待つことになった。

◆

「あがり！　また僕が大富豪だ――」

「和樹、やっぱり強いなあ。剣士は弱いけど」

「大富豪って、あんまやったことないんだよ……」

「剣士さん、負けたら罰ゲームだからねー」

「モノマネなんてできないよ。和樹くん、勘弁して」

「ダメー。嫌だったら僕に勝てばいいんだよ」

「強気だな、和樹。そのマインドが勝利を呼び込むんだろう。剣士は逆に弱気だ。最初から勝とうとしていない。むしろ負けようとしている」

「いやだから、大富豪に慣れてないんだってば」

「はーい、またカード配るよー」

久々にやったトランプゲーム。うれしそうな和樹のはしゃぎ声。意外と本気で和樹に勝とうとする翔太。キッチンからは、何やらいい香りが漂ってくる。昼食の仕度をしている水穂と栄人が、笑い合う声も聞こえてきた。

ああ、いいなあ、こういうの。家族の団らんってやつだ……。

亡き両親と過ごした日々を想い出し、剣士の胸が懐かしさで一杯になる。

——結局、和樹が一位となり、剣士が連続で大貧民となって勝負は終わった。ゲームには勝てなかったが、剣士にとって想定外の楽しい時間だった。罰ゲームとして、無理やり有名人のモノマネを要求されたこと以外は。

「はいはい、お昼ができましたよー。こっちにどうぞ」

水穂に誘われて、キッチンのダイニングテーブルに向かう。

「うっわ、きれい。美味しそう」

朝もたっぷり食べたはずなのに、剣士のお腹がグウと鳴った。

テーブルに並んだいくつもの皿。中央にあるのは、大きな桶《おけ》に入った〝ばら寿司《ずし》〟だ。食べやすく大きさを揃えた、マグロ、サーモン、イカ、鯛など、色とりどりの切り身。出汁巻き卵や飛魚《とびうお》の卵・飛子《とびこ》。さらに、薄切りにした蓮根《れんこん》、キュウリなどの野菜、白胡麻、青紫蘇《じそ》など、様々な具材が酢飯に載せてある。

豪華なばら寿司の横にも、〝牛の肉じゃが〟〝青菜とジャコの煮びたし〟〝蕪《かぶ》と茄子の浅漬け〟〝煮豆〟など、いわゆる家庭料理が並んでいる。

「うちの旦那の得意料理、特製ばら寿司。昔、お父さんもよく作ってたよね、余った食材で」

「……食欲が失《う》せる」と翔太がつぶやいたが、「まあまあ、座ってよ。席は適当で」と栄人に言われ、各自がテーブルに着く。

「はい、アラの潮汁《うしおじる》。料亭やってるとアラの出汁には困らないんだよね。お代わりもあるからね」

陽気に言いながら、栄人が潮汁の椀を各自の前に置く。水穂が桶のばら寿司を皿に取り分け、上に刻み海苔をのせてくれた。

「お腹すいたー。いただきまーす！」

和樹の元気なかけ声と共に、食事が始まった。

「あり合わせで悪いんだけど、ほかのおかずも適当に取って食べてね」

「ありがとうございます」

水穂に言われて、おかずを少しずつ取り皿に取る。

まずは肉じゃがをパクリ。

あ――、出汁が染みてて美味しい。トロトロの玉ねぎと白滝《しらたき》、煮崩れ寸前のじゃが芋と、上質なロース肉だとはっきりわかる牛肉。紫陽花亭の名物は〝松阪牛尽くしの懐石料理〟だ。きっとその端肉を使っているのだろう。

青菜とジャコの煮びたしも、出汁がしっかり利いている。味つけは上品な関西風。濃い目の玄（と玄の料理をマスターした翔太）とは少し趣が異なる。

「さすが老舗の料亭ですねえ。家庭料理も素晴らしいです」と褒めながら、メインのばら寿司へ箸を伸ばす。ひと口食べたら、一気に感動が押し寄せた。

「わ、美味しい！　魚にしっかり味がついてますね」

「仕込みの残りもんだけどね。魚は醤油で泳がせてある。剣士くん、好みで横のワサビを入れて食べてね。翔太くんも」

栄人が相好《そうごう》を崩し、翔太もばら寿司に手をつけた。

「サーモンは炙ってあるし、マグロの赤身は漬《づ》けにしてある。ねっとりとしたイカと鯛は昆布締めか。どの魚もきっちり仕事がしてあるんだな。そこにプチプチした飛子の食感と塩味、出汁巻き卵の甘み、酢蓮《すばす》（酢れんこん）の歯ごたえや酸味も加わって、バランスがすごくいい。栄人さん、すごくウマいです」

翔太の箸も止まらない。

「お母さん、汁こぼしちゃったー」

和樹が手を滑らせてしまったようだ。潮汁がテーブルを濡《ぬ》らしている。

「ああ、拭くからちょっと待って」

「なんだ和樹。自分でできるだろう」

「はぁーい」

水穂から受け取った台拭きで、せっせとテーブルを拭く和樹が愛らしい。

子どもは不思議だ。大人びた訳知り顔をしたかと思うと、年相応の甘えん坊な素顔も覗かせる。自分もそうだったのかな、とふと考えていたら、玄が前に言った言葉が浮かんできた。

(俺もさ、所帯持って家族と暮らしたかったよ。料理作って子どもと遊んで、みんなで並んで寝てよ。かかあがお雪さんだったら、最高だったんだけどなぁ——)

それは、二十七歳でこの世を去った玄にとって、どんなに望んでも手に入らない、平凡な幸せだった。

今は翔太の中で寝ているだろう玄。不憫《ふびん》だなと剣士は改めて思う。迷惑なんだけど憎み切れないどころか、ここで一緒に食事ができたらいいのに、とさえ思ってしまう。

「お寿司と肉じゃが、一緒に食べると美味しいんだよ」

和樹が料理を口いっぱいに含んでいる。まるで胡桃を丸々と頬張ったリスのようだ。その顔を見て、大人たちが一斉に笑みをこぼす。

剣士は、目頭が熱くなってくるのを感じていた。

この和気あいあいとした空気感こそ、家族で囲む食事ならではのスパイスだ。独りで食べるインスタントラーメンだって、もちろん美味しい。かつては、店を手伝えと強要する親が疎《うと》ましくて、独りでの食事を好んでいた時期もあった。

だけど、どちらかひとつを選ぶのであれば、今の自分は家族との食事を取ると、はっきりと答えられる。

もう二度と会えない両親が、無性に恋しい——。

瞳が潤みそうになってこらえていたら、水穂が話しかけてきた。

「ねえ、剣士くん。たまには家庭の味もいいもんでしょ」

「いいです。めっちゃいいです。なあ、翔太？」

「……まあね。本当にたまには、だけど。でも、栄人さんの手料理を食べられたのはよかった。刺激になりました」

満足そうに翔太が微笑むと、「翔太兄ちゃん、いろいろ大変だったけどね」と、和樹が余計なことを言い出した。さっきの「言わないよ」は忘れてしまったようだ。

「いろいろ？　いろいろって、なんかあったのかい？」

何も知らない栄人が不思議そうな顔をする。

「あのね、お父さん。翔太兄ちゃんが……」

「あー、和樹くん。ほっぺにご飯粒、ついてるよ」

「あらやだ、ホント。和樹、こっち向いて」

剣士に合わせて、水穂が和樹の頬に手を伸ばす。本当は何もついていないのだが。

「翔太くん、どうかしたの？」

栄人が翔太に問いかける。

「実は今朝、廊下で足を滑らせて頭を打ってしまったんです。それで、一時的な健忘症になったようで、姉さんや和樹に心配をかけてしまいました」

「え？　ホント？　もう大丈夫なのかい？」

「ええ。この通り、食欲もありますし。和樹、ごめんな。翔太兄ちゃん、ちょっと変だったよな。もう大丈夫だから」

いたって冷静に対応する翔太。和樹は「うん」と答え、昼食に意識を向けた。剣士は水穂と顔を見合わせ、同時にホウと息を吐く。

これで問題が解決したわけではないが、仮に和樹が翔太について話したとしても、栄人や風間は頭部打撲による混乱だと思ってくれるだろう。何かあったら、水穂がフオローしてくれる。

やっぱり、水穂さんに事情を話しておいてよかった。

改めてそう思ったとき、翔太がいきなり声をあげた。

「剣士、浮かんだぞ」

「え？　なんのこと？」

「喜寿の祝い膳だよ。桂子さんたちに出す料理だ」

そう言って翔太は、自信たっぷりに両側の口角を上げたのだった。

第４章　「喜寿《きじゅ》を祝う江戸のご馳走」

帰宅した剣士は、翔太からある計画を打ち明けられた。

「……なるほどね。だったら静香さんに連絡しないと」

「ああ。まずはそこからだ。剣士、電話してもらってもいいか？」

「わかった」

そして、剣士はスマホを取り出し、静香に連絡を取った。

『――それはいいアイデアですね！　わかりました。なんとかしてみます。あ、写真と情報を送っておきますね』

「ありがとうございます」

電話だとより可愛い声に聞こえるな、と余計なことを考えながら通話を終えた。

「静香さん、ＯＫだって。あとは献立だね」

「よし、まずは玄と相談だ。とりあえず、オレは寝る」

翔太はイヤホンをつけ、ヒーリング音楽を聴きながら座敷席に横たわった。

ほどなく目覚めた玄は、意外なことに開口一番剣士に謝った。

「昼間は悪かったよ。紫陽花亭に押しかけたりしてよ。かーっとなったら止まらなくなっちまうんだよなぁ。なんてったって、俺は江戸っ子だからよ」

自らの白い前髪を触りながら、殊勝な態度を取る玄。剣士はここぞとばかりに玄に詰め寄る。

「玄さん、桂子さんに喜寿の祝い膳を出したいんです。悪いと思ってるなら僕たちに協力してください。つきみ茶屋の未来がかかってるんです！」

「わかったよ。赤毛婆さんの祝い膳だな。俺が作ってやるよ」

「ただの祝い膳じゃだめなんです。翔太がいい計画を思いついたんですよ」

翔太の作戦を端的に説明する。すると玄は、「いいじゃねぇか！」と前のめりになった。

「そういうことなら俺に任せとけ。よっしゃ、食材を買いにいくぜ。市場に連れてっておくれ」

急激に張り切り出した玄と共に、剣士は近所のスーパーへ向かった。

食材を買い込んで帰宅すると、玄がそそくさと料理の支度を始めた。器用に大根の皮を剝き、まな板の上で刻もうとしている。

剣士はいつものように、全てを記録して翔太に見せるため、玄の手元にスマホを寄せて動画を録《と》っていた。

「あのよ、剣士」と、玄が作業をしながら話しかけてくる。

「はい？」

「しつこいかもしれねぇけどよ、お前さんもいい加減に手伝っとくれ。まだ包丁に慣れないのかい？」

「まだですって。本当にしつこいなあ。見るのは大丈夫になったけど、使おうとすると左手の傷痕が痛むんですよ」

実は刃物恐怖症を治そうと努力していたのだが、何度も玄に言われるとウンザリしてしまう。

「そうかい。料理屋の店主になるってのに、まだ無理とはなぁ」

のんびりと言ってから、玄は作業を止めて剣士に視線を移す。

「だけどよ、お前さんが刃物を嫌がる理由は、怪我《けが》の痛みを思い出すだけじゃねぇような気がするぜ」

訳知り顔の玄が鋭く瞳を光らせた。

「……何が言いたいんですか？」

剣士もスマホを台に置いて玄と向き合う。

「家業ってのは、先代が作った道みてぇなもんだろ。そこを歩くなんて嫌だって、思ってたんじゃないのかい？　それと、お父っつぁんの期待に応えられねぇ罪悪感だ。そんな負の感情が、〝刃物が持てねぇから料理が苦手〟って状況を作ってたのさ。そう思い込んでりゃ、店を継がないで済むからな。つまり、言い訳ってやつだ」

知ったような口を利く玄が、とんでもなく癇《かん》にさわる。

事実、親の敷いたレールに乗りたくなかったし、期待に応えられない罪悪感もあった。剣士という名前なのに刃物が苦手なのが、なんだか恥ずかしくもあった。玄の指摘はツボをついている。だけど、今さらそれを指摘されたって、不愉快になるだけだ。

「ほっといてくださいよ。玄さんには関係ないでしょ」

「ほっとけねぇんだよ。その反応、やっぱり図星だったんだな」

「なんでもお見通しですか」

「おぅよ。お前さんはわかりやすいからよ」

「そういうの、余計なお世話って言うんですよ」

「そりゃ悪かったなぁ。世話焼きはオレの性分だからな」

「迷惑なんですよ。自分だって盃が苦手なくせに」

「俺の苦手は言い訳なんかじゃねぇぞ。剣士と一緒にすんなよ！」

「なんだよそれ。マジ迷惑。お節介！」

「なんだとぉ、この意気地なしが！」

言い合いが怒鳴り合いになりそうになった瞬間、玄が大声で叫んだ。


「そんなめんどくせぇ負の感情、馬にでも食わせちまえ！」


玄は厨房の棚に突進した。中から漆の盃を取り出す。もちろん、彼が封印されていた金の盃ではないが、「使うのは絶対に無理」と言っていた盃だ。

「いいか、目ん玉ひん剝いてよく見とけ！」

自ら料理用の酒を注ぐ。手がブルブルと震えている。

「俺なんざ、盃に仕込まれてた毒で死んでんだぜ。だから盃が怖くてしょうがねぇ。これで飲んだら吐き出しちまいそうだ。だけどよ、そんなもんに負けてたまるかよ。苦手だって思うから苦手になるのさ。得意だって思い込めさえすりゃ、なんだってできるんだよ！」

宣言した玄は、震える手で盃の中身を飲み干した。

「ほらな。気合でなんとかなる……うぇっ」

戻しそうになったが、どうにか阻止できたようだ。

「よっしゃ、もう一杯いくぜ」

再び酒を注ぎ、ゴクリと飲む。手の震えは収まっている。

しかし、盃を持ったままその場にうずくまってしまった。

「玄さん！」

駆け寄った剣士に、玄は青ざめた顔で笑みを見せた。

「……大丈夫だ。どうだい、俺は苦手を克服したぜ」

よろよろと立ちあがり、片手で盃を掲げてみせる。

「参った。参りましたよ。玄さんには敵わない」

身体を張ってトラウマを乗り越えた玄に、剣士は畏敬《いけい》の念を抱いていた。

すごい勇気だ。毒見で死んだ記憶があるからこそ、盃が使えなかったはずなのに。

——これはまさに、〝勝利〟だ。自らとの闘いに玄は勝った。

死を経験した玄が勝利したのだから、手に傷を負っただけの自分が、勝てないわけがない。

やれる。僕にだってやれるはず。闘うのなら、今ここでやるべきだろう。

「ちょっと待っててください」

剣士は厨房の棚に仕舞っておいた、セラミック製の包丁を取り出した。

翔太が「これなら大丈夫かもしれない」と貸してくれた、刃先も取っ手も真っ黒にコーティングされたものだ。

「そりゃなんでぃ？」

「黒く加工した包丁です。これなら僕にも使えそうかなと思って」

刃先を見ないように、右手で包丁を握りしめる。まな板に歩み寄り、左手で大根を押さえる。包丁の刃先を大根に当て、力を入れようとした。

その瞬間、自分の手の平に刃先が入っていくような感覚にとらわれた。

子どもの頃、遊び半分で握った包丁。気づいたら、左の手の平がスパンと切れていた。溢れ落ちた鮮血。焼けつくような痛み。母親の叫び声。病院に運ばれて何針も縫ったあと、泣きながら見つめた左手の包帯。その際に味わった苦痛や驚きが、まざまざと蘇ってくる。

身体が硬直した。手が動かせない。

「いいぞ、剣士。そのまま刃を下ろしちまえ」

玄がすぐ後ろに立っている。

「……痛いんです。左手が痛くて動かせない」

「大丈夫だ。お前さんが切るのは大根だよ。単なる野菜さ。簡単に切れる。右手に力を入れてみな」

少しだけ力を入れた。サクッと音がする。左手もズキッとする。

——駄目だ、これ以上は耐えられない。

剣士が包丁を放そうとしたら、後ろから玄の右手が伸びてきた。剣士の右手をぐっと押さえ、一気に包丁を下ろす。とっさに目を閉じた。

ザクリと包丁が大根を切断し、刃先がまな板に当たった。

「ギャッ」

自分の手を切られたようで、叫び声をあげてしまった。

脳味噌が、実際にはあり得ない痛みを感じている。

したたる血の生温かい感覚まで、リアルに再現されている。

目を開けて手を見るのが、たまらなく恐ろしい。

「よく見ろ。切れたのは大根だ。お前さんの手は綺麗《きれい》なまんまだよ」

……苦痛に耐えながら、おそるおそる目を開けた。

玄の言う通り、大根がスパッとふたつに割れている。

「もう一度言うぜ。切れたのはお前さんの手じゃねぇ。太くて立派な大根だ。これから俺が旨い料理にしてやる」

やさしい声音で言いながら、玄は剣士の右手を固く握りしめた。

「剣士、よくやったなぁ。惚《ほ》れ惚《ぼ》れするくれぇ勇敢だったよ。お前さんのお父っつぁんも、きっとよろこんでるぜ」

──幻の痛みが、消え去った。なぜか涙が込み上げてくる。

亡き父の温《ぬく》もりを、玄の手から感じ取った気がした。

「……でも、まだ怖いです。これ以上はできない」

包丁から手を放した。玄の手もそっと振りほどき、目元を拭う。

「俺もお前さんも、怖いもんから一歩踏み出したんだ。あとはゆっくり慣れていけばいいさ」

玄は穏やかに微笑んだ。見慣れた翔太の笑顔だ。

「よっしゃ、あとは俺がやるからよ、お前さんは少し休んどけ」

「……玄さん」

「おう」

「ありがとう」

「礼なんかいらねぇよ。あの赤毛の婆さんに、今度こそ旨いって言わせようぜ」

自分の包丁を構えた玄が、大根の調理に取りかかる。

剣士は再びセラミックの包丁を握り、先ほど大根をカットしたときの感触を思い起こした。

――痛みはまだ感じるが、確かに緩和されている。

そうだ。初めの一歩を踏み出せたのだ。この先はゆっくり慣れていこう。

心の奥からあったかいものが湧き上がってくる。

そのとき剣士は、まるで重大な任務を終えたような充足感を味わっていた。

◆

そして迎えた桂子との約束の日。金曜日の夜。

剣士は前回と同じように、座敷席に箱膳をセットしてスタンバイしていた。厨房では翔太が喜寿の祝い膳を用意している。

桂子たちは今回も、約束した時間ピッタリにやってきた。

深紅のドレスに身を包んだ相変わらず派手な桂子と、清楚なベージュのワンピース姿の静香。桂子は店に入るや否や、「先日は失礼しました。酷だとは承知の上で、剣士さんたちを試させていただきました」と頭を下げた。

「いえ、二度目のチャンスをくださってありがとうございます」

まだ着慣れない着物姿の剣士も、ぎこちなく頭を下げる。

「前回に点数をつけるなら、七十点。今回はそれ以上のお料理を出してくださいね。期待してますから」

不敵な笑みを浮かべて、桂子が静香と共に箱膳の前に座る。

「剣士さん、よろしくお願いします」と言いながら、静香が目配せを送ってきた。彼女も今日のために協力し、桂子に内緒で準備をしてくれたのだ。

いざ、勝負。

剣士は畳に正座し、改めて挨拶を述べた。

「本日はお越しくださり、誠にありがとうございます。間もなく桂子さんのお誕生日だとお聞きしましたので、今回は喜寿のお祝いをテーマとした江戸料理を作らせていただきました。最後までお楽しみいただけたら幸いです」

「喜寿。あらやだ、もうそんな歳になっちゃうのね。すっかり忘れてたわ」

桂子がルビーらしき宝石のついた右手で口元を覆う。

「お婆様、わたし、プレゼントを用意したの。お食事の前に渡してもいい？」

やや唐突な孫娘の言葉に、「え？」と驚きながらも、桂子は「まあ、わざわざ悪いわね」と答える。

「じゃあ、ちょっと待っててね」

静香はバッグからスマホを取り出し、誰かに電話をかけた。

「もしもし？　――うん。入ってきて」

それだけ言って通話を終えた静香。桂子は「なに？　誰にかけたの？」と目を丸くしている。

すると、店の格子戸がガラリと開き、どやどやと人が入ってきた。

「こんばんわー」「お邪魔します」

背広姿の中年男性が二名、スーツ姿の中年女性が二名、ピンクのワンピースを着た小学校低学年くらいの女児が一名。女児は紫色の蘭を中心にあしらった、大きな花束を抱えている。

「ちょ、ちょっとなに？　なんであなたたちがここに？」

「お婆様、これがわたしからのプレゼント。家族みんなに集まってもらったの。喜寿のお祝いだから」

静香が愛らしくエクボを作った。

「お婆《ばあ》ちゃま、お誕生日おめでとう」

女児が花束を桂子に手渡す。静香の妹の明日香《あすか》だ。剣士はすでに、橘家全員の写真と情報を静香から送ってもらっていたので、各自の顔と名前を記憶していた。それぞれが苦手な食材も把握し、献立を考えてある。

「あ、明日香。今夜は塾のはずじゃ……」

「休ませたよ。母さんのお祝いだって静香から聞いてさ。僕も正次も、仕事は早く切り上げてきたんだ」

背の高い中年男性。静香の父である良一が大らかに言った。

その横に立つやや小太りの男性・正次が、「兄貴から言われて、予定をキャンセルしてきたよ」と照れくさそうに頭をかく。言うまでもなく正次は静香の叔父である。

「そんな、あたくしのために来なくていいのに。そもそも、今夜はこちらの腕試しで食事をいただくんだから」

花束を抱えた桂子は、事情がまったく理解できていない。

「お義母《かあ》様の喜寿のお祝いですよ。来るに決まってるじゃないですか」

静香の母・紀美子《きみこ》がにこやかに言った。スラリとした上品な中年女性だ。

「そうですよ。お義母さん、おめでとうございます」と一歩足を踏み出したのは、小柄で丸メガネをかけた女性。正次の妻で静香の叔母、市子《いちこ》である。

ちなみに、正次と市子のあいだに子どもはいないという。

「あんたたち、あたくしにおべっか使ったって、援助なんかしないからね」

「やだ、お義母様、そんなことカケラも思ってませんから。ねえ、市子さん」

「もちろんですよ。誤解しないでください」

などと言いながら、紀美子と市子が引きつった笑みを見せる。

「母さん、今夜はお祝いなんだから楽しくやろうよ。明日香だって来てるんだから」と良一がやんわりと諭し、明日香が「お婆ちゃま、久しぶりに会えてうれしいな」と無邪気に微笑む。

よく見ると明日香は、目元が静香によく似ている。

「あたくしも明日香に会えてうれしいわ。少し見ないあいだにまた背が伸びたわね」

桂子が目尻にシワを作る。孫娘たちは可愛くてたまらないようだ。

剣士は一同のあいだを縫って、人数分の箱膳を座敷席に素早く運び、箸をセットする。桂子を驚かせるために、わざとふたり分しか用意しておかなかったのだ。静香も手伝ってくれたので、ほんの数分で場が整った。

「みなさま、お席にどうぞ」

剣士の呼びかけで、それぞれが箱膳の前に座る。

「お飲み物はいかがいたしましょう？　ビール、日本酒、ワイン、オレンジジュースやお茶のご用意もございます」

「じゃあ、乾杯の瓶ビールを頼もうか。静香ももう飲める歳になったからな。グラスは六つ。あと、うちの明日香にオレンジジュースをお願いします」

良一が仕切り始めた。桂子の長男だけに、佇まいが堂々としている。

「あたくしはお茶で」と桂子が言い足す。

「かしこまりました」

剣士は急いで準備をする。

飲み物が行き渡ったところで、厨房から翔太が出てきた。

「いらっしゃいやせ。今夜はどうぞ、楽しんでいってくだせえ」

……ん？　なんか変だぞ。

あわてて翔太に視線を飛ばす。和帽子の縁から白い前髪が少しだけ覗いている。

──マズい、これは玄だ！

桂子と静香が来るまでは翔太だったのに、いつの間にチェンジしたんだ？

「あら翔太さん、今夜はべらんめえ口調なの？　いいじゃない、その粋のよさ。高まるわー」

何も知らずに桂子がよろこんでいる。

どうしたらいいのか頭が混乱した剣士だが、何もできないのでそのままにしておくしかない。

「なんか面白そうな人だね。若いのに生粋《きっすい》の江戸っ子みたいだ」

正次がまじまじと玄を見る。

「うちの料理人の風間翔太です。江戸料理を専門としていますので、気合が入るとしゃべり方も江戸っ子っぽくなってしまうんです。あ、申し遅れました。店主の月見剣士です。どうぞよろしくお願いいたします」

剣士がお辞儀をすると、静香がすっくと立ち上がった。

「剣士さん、翔太さん、紹介しますね。父の良一、母の紀美子、妹の明日香。それから、正次叔父様と市子叔母様です」

橘家の家族が会釈をよこす。玄は沈黙を守っている。

頼む、大人しくしていてくれ！

剣士は祈るような気持ちで玄をチラ見する。

「では、乾杯しよう。母さん、誕生日おめでとう」

「カンパーイ」「おめでとう」「おめでとうございます」

良一の音頭で一同がグラスを軽く鳴らし合い、宴会らしい空気が流れる。

「静香、なんであたくしに言わないのよ。喜寿の祝いで家族集合だなんて、びっくりしたじゃない」

お茶をすすりながら桂子が静香を軽く睨む。

「ごめんなさい。サプライズパーティーにしたかったの。剣士さんたちには事前に言っておいた。だから、人数分のお料理を用意してくださったんだよ」

実は、その逆だった。剣士たちが静香に頼んだのだ。喜寿の祝いをさせてもらいたいので、家族を集めてほしいと。

思いついたのは翔太だ。姉・水穂の家で家族と囲んだ昼食がヒントになったらしい。

「桂子さんは家族の中で浮いた存在になっているって、静香さんが言ってたよな。これはオレのカンなんだが、桂子さんは孤独なんじゃないかな。マンションのペントハウスでひとり暮らしだろ。息子たちとも疎遠になっているようだ。だから旅行やら何やらで散財して、気分を紛らわしている。このカンが正しいなら、家族との団らんを桂子さんは嫌がったりしないと思う。むしろ皆と一緒の方が、料理も美味しく感じてもらえる気がするんだ」

そんな翔太のアイデアで実現した、七十七歳になる桂子の喜寿祝い。店内のフラワーアレンジメントは、喜寿のテーマカラーである紫で統一してある。

「それでは、お料理をお出しいたしますね。本日は、一汁五菜の箱膳料理でございます」

剣士は厨房に用意されていた料理を、盆に載せて運んだ。玄も手伝ってくれている。なぜ翔太から玄に代わったのか訊いたのだが、玄は「俺にもわからねぇ。気づいたらここにいたんだよ」としか言わない。

こうなったらしょうがない。玄とふたりでやるまでだ。

腹を括った剣士は、和帽子で玄の白い前髪をきっちり隠してやってから、給仕に勤《いそ》しむことにした。

ほどなく、各自の箱膳に五つの小皿や小鉢が並んだ。

「五品のおかずをご用意しました。左から、塩漬けの小鰯《こいわし》を並べて串に刺し、干して焼いた〝めざし鰯〟。続いて、江戸では秋の味覚でもあった蛤《はまぐり》の身と、自家製の切干《きり》し大根を甘辛く煮た〝むきみ切干し〟。その横は、殻つきの海老《えび》を炒めて醬油で味つけした〝海老のから炒《い》り〟。裏ごしした豆腐や白胡麻でひじきと人参をあえた〝白あえ〟。そして、薄く削《そ》いだ鮪の赤身を醬油や味醂で軽く煮て、山椒《さんしょう》をかけた〝鮪剝《すき》身《み》〟です」

ふー、淀《よど》みなく言えたぞ。

剣士はとりあえず胸を撫《な》で下ろす。

「わりと普通のおかずねえ」と桂子がやや不満そうに言う。

「普通のおかずだと？　おぅおぅおう、言ってくれるじゃねぇか。赤毛の婆さんよ」

「ば、婆さん、ですって？」

玄の暴言に桂子が怯《ひる》んでいる。

うわ、やめてくれ――っ！

暴走を止めたくて玄の袖を摑んだ剣士の手は、速攻で振り払われてしまった。ああ、またもや苦難が訪れた……と思ったのだが……。

「おうよ。そんな婆さんのくせに、小股の切れ上がったいい女だねぇ」

「なんですって？」と桂子が玄を凝視する。

「いい女だって言ったのさ。きっと男にもモテるんだろうなぁ。そうじゃなきゃ、そんなに色気があるわけねぇよ」

その途端、桂子が照れたように上目遣いになる。

剣士はすっかり失念していたのだが、玄は天然の女たらしだったのだ。

しかも、姿は飛び切りイケメンの翔太なのである。どんな女性でも、悪い気になるわけがない。

「いい女、ですよ。うちのお婆様は」

静香がにこやかに笑み、援護射撃をしてくれた。

「ごめんなさいね。せっかく出してくれたのに、いきなりケチつけるようなこと言っちゃって」と、桂子が玄に謝っている。

……セーフ。

思わぬ展開に、剣士は心底ホッとした。

「まぁまぁ、いいってことよ。これから俺が言うことを、耳の穴かっぽじってよく聞いとくれ」

腕を組んで座敷席の前に立つ玄。

あっけに取られた一同は、彼の言動に集中している。

「江戸時代にはな、『おかず番付』ってもんがあったんだ。日常のおかずを相撲の番付みたいに大関から並べた番付さ。その大関が〝めざし鰯〟だ。今が旬で脂ののった鰯だから、飛び切り旨いはずだ。んで、関脇《せきわけ》が〝むきみ切干し〟。小結が〝芝海老《しばえび》の から炒り〟。芝海老は旬じゃねぇから、今回は小ぶりの子持ちぼたん海老で作ってみた。それから、前頭が〝白あえ〟と〝鮪剝身〟だ。どれも江戸っ子が選んだ最高のおかずなんだよ」

「補足ですけど、江戸末期の『おかず番付』には、〝横綱〟はなかったんです。最高峰が〝大関〟だったそうですよ。番付に載ったおかずはほかにもありますが、今回はこの五品を選ばせていただきました」

剣士の言葉に、一同は黙って頷《うなず》いている。玄の存在感が強烈で、言葉が出ないのだろう。

「でもよ、このおかずのどれよりも上、今で言う横綱級の品も用意してあるんだ。なんだかわかるかい？」

　誰も答えられず、沈黙が続く。

「まあ、わかりっこねぇわな。剣士、持ってきておくれ」

「了解！」

　剣士は玄に任せるしかないと判断し、厨房から土鍋を運んできた。人数分の茶碗と共に。

「これこれ、これだよ」と、玄が土鍋の蓋に手をかける。橘家の人々が、期待に満ちた表情で土鍋を見ている。

　蓋を開けると、中から湯気と共にふっくらとした白米が顔を出した。

「なんだ、横綱って言うから期待したのに、ゴハンなのかよ」

　正次が残念そうな顔で言う。

「いえ、うちの料理人が炊いた白米は、そこらのものとはまったく違います」

　ついつい、剣士は言い返してしまった。

「面白いじゃない。何が違うのか楽しみね」

　桂子は好奇心で瞳を光らせている。

「まぁまぁ、食ったらわかるさ。今夜の主役は炊きたての米。玄米も麦も交じってない銀しゃりだ。このおかずは、飯を食うためにあるんだからな」

玄がオコゲの交じったホカホカの白米を、しゃもじで混ぜて茶碗に盛りつけていく。そのあいだに剣士は、熱々の大鍋と大根おろしの入った小鉢、人数分の椀を座敷に運び入れた。

「さて、飯が行き渡ったところで、とっておきの椀物だ」

玄が鍋の蓋を開けると、出汁のいい香りが辺り一面に広がった。

「〝八杯豆腐〟って言ってな、これも『おかず番付』の大関に輝いた料理だ。細く切った豆腐を醤油味の出汁で煮込んで、汁仕立てにする。最後に大根おろしをたっぷり載せるのさ。この豆腐も自家製だから、そこらの豆腐とは味の濃さが違うはずだ」

などと説明しながら、玄が鍋から椀に中身をよそい、大根おろしを載せていく。その湯気のたつ椀を、剣士が各自の箱膳に置いた。

「一汁一菜が基本だった江戸の頃からすりゃあ、今夜は一汁五菜の豪華版だ。さ、熱々のうちに食っとくんな」

五品の小皿と小鉢、オコゲ交じりの炊きたて白米、湯気のたつ椀物が、箱膳の上にズラリと並んでいる。

「美味しそう！」

最初に静香が声をあげ、「いただきます」と手を合わせて箸を取った。

「——めざし鰯、塩が利いててご飯に合いますね！　むき身切干しも、蛤がぷっくりしてて中からエキスが溢れてきます。オコゲのご飯、香ばしくてものすごく美味しい！」

その声につられて、ほかの皆も料理に手をつけ始めた。

「ねえ、お母さん。これナニ？」

静香の妹・明日香が、珍しそうに料理を眺めている。

「ああ、こんな昔ながらの家庭料理、私は作ったことがないからね。食べてごらん。海老は剝いてあげるね」

「うん！」

母親に勧められ、明日香が五種類のおかずを少しずつ白米に載せて、小さな口一杯に頰張った。

「わー、美味しい！　ご飯が甘い。明日香、マグロが一番好きかなあ」

そんな明日香のはしゃぎ声に、大人たちも頰を緩めている。

「この八杯豆腐、醬油の出汁がよく染みてる。ご飯にも合うわよ」と紀美子が言い、

「白あえ。すごく懐かしい。田舎でよく食べたなあ。こっちのほうが出汁は利いてる

けど」と市子も箸を動かしている。

良一と正次も、「古臭い料理かと思ったけど、むしろ新鮮だな」「ああ。このぼたん海老、身がプリプリで卵も旨い。味が濃い目で飯が進むよ」と料理を口に運んでいる。

一方、肝心の桂子は——。

「確かに、この白米は秀逸ね。米のひと粒ひと粒がしっかり立っていて、オコゲの入り具合もいい塩梅《あんばい》だわ」

「だろう。土鍋で飯を炊くのは、昔から得意なんだ」

鼻を動かす玄に、「昔から？　そんなにお若いのに？」と桂子は鋭い視線を向ける。

「ひ、ひとり暮らしが長かったから。昔から料理が得意だったんですよ」

あわてて剣士がフォローしたのだが、桂子は首を傾げて核心を突いてきた。

「ねえ翔太さん。どちらで修業されたの？　出汁の加減も魚の火入れも完璧だけど」

ヤバい、これはガチでヤバい。質問されているのは翔太じゃない。江戸時代に生きていた料理人なのだ。

「修業？　修業か。いくつかの店で修業したっけなあ……」

視線がさまよい出した玄。彼は生前の記憶が曖昧なのだ。

兄と一緒に屋台を始め、その後、小石川に店を構えた。お茶屋だった頃の『つきみ』に仕出し料理を運び、店に呼ばれていた女芸者・お雪にほのかな想いを抱いていた。つきみでの仕事中に武士から酒の毒見を命じられ、金の盃に仕込んであった毒で死亡した。

——それ以外のことは、ほとんど覚えていないのである。

「あれ？　翔太さんにはアドバイザーがいるんでしたよね。江戸弁でしゃべる江戸料理の研究家。確か……玄さん、って名前の男性。その人に話し方も感化されてるんだって、このあいだ言ってましたよね？」

またしても静香が助け舟を出してくれた。

「そうなんです！」と剣士は声を張りあげる。

「実は翔太、フレンチレストランで働いてたんです。そこで料理の基礎を覚えて、玄さんという研究家と知り合ってから、江戸料理の魅力に目覚めたんですよ。そうだよな、翔太？」

剣士が玄の脇腹を肘でつつくと、彼は「その通り。玄さんは天才的な料理人なんだ」とドヤ顔をする。

自分で自分を天才とか言っちゃうなんて、どんだけ自信過剰なんだよ！

と思った剣士だが、ここで余計なことを言うわけにはいかない。

「そう。バックに研究家さんがいるのね。それなら納得だわ」

桂子のツッコミをどうにかかわした剣士は、「皆様」と一同に呼びかける。

「よろしければ、ご飯のお代わりはいかがですか？」

「じゃあ、もらおうかな」

真っ先に返答したのは、静香の父・良一だった。

「いや、本当にここのご飯はウマいよ。おかずも懐かしい。昔を思い出すよな。母さんと父さんと俺と正次。四人で食卓に着いてた頃を思い出す」

良一が玄からお代わりを受け取ると、正次も「僕にもください」と茶碗を差し出した。

「あいよ！」と威勢よく玄が応じる。

「父さんも母さんも倹約家だったからなあ。こんな感じの素朴なおかずが多かったよね」

正次も昔を懐かしんでいる。

そんな息子たちの言葉に、桂子がじっと耳を傾けている。

「江戸の庶民はな、どんな祝い事でも家族全員が集まったんだ。贅沢なんかできなくてもよ、家族で食べる旬のおかずと銀しゃりは、どんなもんよりも旨いご馳走だったのさ」

誰にともなくつぶやいた玄だが、「番付に載ったおかずと白米がいい」と発想したのは翔太だ。「きっと美食家の桂子は、豪華な料理は食べ飽きている。ならば、質素だけどウマい江戸時代のおかずで勝負したい」と考えたのである。

「やっぱりさ、家族みんなで食べるのって、楽しいよね」

静香がしみじみ言うと、「うん、楽しいー。ねえ、お婆ちゃま？」と、明日香が屈託なく問いかける。

少しの間があって、桂子が口を開く。

「……まあ、たまにはこんなのも悪くないわね」

そして桂子は、孫娘たちにやさしく微笑んでみせた。

「食後の甘味をご用意しました」

最後に剣士は、長さ十五センチほどの細い竹筒を、淹れたての緑茶と共に各自に配った。

「わ、中に羊羹《ようかん》が入ってる。抹茶の羊羹だ。美味しそう！」

すぐに静香が反応してくれる。非常にありがたい。

「はい。抹茶入りの水羊羹です。竹の底に穴が開いてますので、お皿の上で軽く叩いてください。中身が出てきます」

剣士が説明すると、静香と明日香が即座に竹の底を叩く。筒状になった抹茶色の水羊羹が、ツルリと皿の上に現れた。

「おもしろーい。もう一回やりたい。お母さんの貸して」

明日香が母親の竹筒も叩いている。

「竹筒の水羊羹。見た目のインパクトがあっていいですよね。いただきます」

静香はいち早く、添えてあった竹の匙《さじ》で羊羹をひと口食べた。

「――うん、甘さ控えめでプルプルで美味しい。竹のいい香りもします」

「だろ？　玄さんが考えたんだよ。彼は本当に天才だからなあ」

抜け抜けと玄が言う。本当は剣士が京都のお土産で見た竹入り羊羹がヒントになっていたのだが、竹筒に意味を持たせてくれたのは玄だったので、そのまま言わせておいた。今夜は剣士が皆に語ろうとしていた解説を、すべて玄に持っていかれている。

でも、僕が付け焼き刃で語るより、玄さんに説明したもらったほうが遥かに説得力があるもんな。あ、だから翔太は、わざと玄さんにチェンジしたのかもしれないな。

などと考えていたら、玄が一同に向かって話し始めた。

「食べ終わったら、竹筒を持ち帰っておくんな」

「竹筒を？　持ってっていいの？」

ペロッと羊羹を食べ終え、竹筒をくわえた振りをして遊んでいた明日香が、弾んだ声をあげた。

「おう。昔はな、こんな感じの竹筒で竈《かまど》に火をつけてたんだ。〝火吹竹《ひふきだけ》〟って名の、火種を絶やさないようにする貴重な道具さ。喜寿を迎えた人が、火吹竹を親戚に贈る風習もあったんだよ。それを持ってると、火災や台風を除《よ》けてくれるって言われてるんだ。まあ、お守りみたいなもんだわな。だけど、人ってのは不思議なもんでさ、効果があるって思うだけで、本当にお守りが厄《やく》除けになったりするんだよ。良くも悪くも、思い込みの効果は絶大だ。どうせなら良いほうに使ってほしいって、俺は願いたいね」

(苦手だって思うから苦手になるのさ。得意だって思い込めさえすりゃ、なんだってできるんだよ！)

盃恐怖症を克服したときの、玄の言葉を思い出す。

思い込みの効果、か。

それが事実なら、人は思い通りの人生を送れるのではないか？

たとえば、自分が優秀な人間だと思い込めば？

老舗の暖簾を守る敏腕経営者だと思い込めば？

剣士の名に相応しい刃物の使い手だと思い込めば……？

心から思い込むまでの信念があれば、それは現実化するのだろうか。

だったら自分も信念を貫きたい。理想の自分になりたいと、剣士は改めて願っていた。


「素敵。お婆様の喜寿のお祝いだから、わざわざ竹筒にしてくださったんですね。さすがです」

静香が感極まった表情で玄を見る。他の大人たちも、感心したように頷き合っている。桂子だけはポーカーフェイスを崩さない。

「いま説明がありましたが、喜寿のお祝いですので、ぜひ竹筒をお持ち帰りくださいませ。お持ち帰り用の袋もご用意しております」

剣士も店主らしく話を締めながら、各自に小さな紙袋を手渡した。

「やった、うれしいー！」

いかにも楽しげに明日香が叫ぶ。竹筒を遊びに使いたいのだろう。

「剣士さん、翔太さん、今夜はありがとうございました。母のためによくしてくださって。橘家を代表して御礼申し上げます」

立ち上がった良一が、深々と腰を折った。

「こちらこそ、このようなお祝いの場を設けさせてくださり、感謝いたします。とても楽しく準備をさせていただきました」

剣士が返答した途端、桂子も勢いよく立ち上がった。

「良一」

「は、はい」

「正次」

「はいっ」

桂子の息子たちが、母に呼ばれて直立する。

「剣士さんのお言葉、ちゃんと聞こえたの？」

「聞いてたけど……それがどうかしたのかい？」

良一は首を傾げている。

「楽しく準備をさせていただいた。そうおっしゃったのよ。なんてありがたいお言葉でしょう。あなたたちも今の仕事を楽しくやってるって、あたくしに言えるの？」

いきなり矛先を向けられ、息子たちは無言になってしまった。

「あなた方が不動産業を始めてくれたことには感謝しています。本当はほかにやりたいことだってあったでしょうに、あたくしたちの敷いたレールに乗ってくれた。だけど、今はその仕事で苦戦してる。楽しい気持ちなんて、まったく感じられないでしょう。違う？」

相変わらず息子たちは黙っている。答えられないのだろう。

「仕事が楽しい。そんな風に感じられる人なんて、ほんのひと握りかもしれない。でもね、人生には限りがあるのよ。一瞬一瞬を大切にしてほしい。どんな些細《ささい》なことでもいいから、仕事にも楽しみを見出《みいだ》してほしいの。何も感じられないなら、いっそのこと別の道に進んでもいいと、あたくしは思ってます。正直なこと言うとね、あなた方は何も感じないまま、あたくしの援助を期待している。今の立場に胡坐《あぐら》をかいているように見えるのよね」

桂子は息子の妻たちを睨みつける。

紀美子と市子が気まずそうに首をすくめた。

「ここ、つきみ茶屋は、江戸時代から何代も続く老舗。そんなに長く継承するなんて、なかなかできるもんじゃないわ。先代の作ったものに胡坐をかいていたら、あっという間に終わってしまう。しかも、こんなにお若い剣士さんと翔太さんが、これから暖簾を守っていきたいっておっしゃってるのよ。少しは見習ってほしいわ」

唐突に名前を呼ばれ、剣士は恐縮してしまった。

全員の視線をヒシヒシと感じる。何かを言わずにはいられない。

「見習うだなんてとんでもないです。……自分はずっと、家業を否定してきました。刃物恐怖症であることを言い訳にして、親の敷いたレールから外れようとしてたんです。でも、今は応援してくれる仲間がいる。仲間のお陰で、親の想いを受け継ぐ大切さを理解できるようになりました。若輩者の僕からしたら、家業をしっかり受け継いだ良一さんと正次さんは、仕事人としての大先輩です。尊敬以外の言葉が浮かびません」

――しん、と場が静まってしまった。

「余計なことを申してすみません」とあわてて謝罪する。

隣に立つ玄が剣士に向かって、ほんの少し左右の口角を上げてみせた。

桂子も表情を和らげ、うつむいている息子たちにやさしい眼差しを注ぐ。

「本当はね、あたくし自身も悪いと思ってるのよ。あなた方をわざと避けていました。良一も正次も、自力で立ち上がってくれるって信じてたから。なんてったって、あたくしの自慢の子どもたちですからね」

「母さん……」

良一が感極まった声でつぶやく。

正次も他の家族たちも、神妙な顔つきで桂子を見つめている。

「さあ、辛気臭い話はこれでおしまい。今夜はありがとね。久しぶりにみんなと食事ができてうれしかった。やっぱり、家族で囲む食卓はいいわね。またみんなでこちらにお邪魔しましょう」

ん？　またここに来てくれる？　ってことは……？

期待を胸に宿らせた剣士に、桂子が明るく微笑んだ。

「剣士さん、今夜は百点よ」

「えっ？」

「聞こえなかったの？　百点だって言ったの。まさかこんなカタチで喜寿を祝ってくださるなんて、意表をつかれました。そのサプライズを入れて百点。お料理だけなら八十点かしら。つきみ茶屋が再オープンしたら、百点満点のお料理を出してくださいね。ごちそうさまでした」

桂子は竹筒を袋に入れ、毛皮のストールを肩にかけて格子戸に向かう。

「お婆様、じゃあ、お金の話は……？」

急いで問いかけた静香に、桂子はこう告げた。

「こちらへの融資は継続させてもらいます。剣士さんも翔太さんも、あたくしがもっと融資してもいいと思うくらい頑張ってくれた。返済については、ご負担にならない方法を改めてお話しするわ。延滞金は結構です。借用書も作り直さないとね」

「あ、ありがとうございます！」

思わず声がうわずってしまった剣士に、桂子は「あ、そうそう」とバッグから取り出した封筒を渡しにきた。中に札束が入っている。

「今夜のお礼です。じゃあ、またね」

姿勢よく立ち去る桂子を、「母さん」「お義母様」と大人たちが追っていく。「ごちそうさまでした」と剣士たちに挨拶した明日香が、「お姉ちゃん、帰らないの？」と静香に問いかける。

「ちょっと用事があるの。すぐ終わるから先に行ってて」

「お父さんの車で待ってるよー」

明日香は竹筒を大事そうに持って格子戸から出ていく。

一同を戸から見送った剣士が振り返ると、静香が笑顔で「よかった、うまくいきましたね！」と右親指を立てていた。玄は「やったぜ、大成功だ！」と両の拳《こぶし》を高く突き上げている。

剣士も自然と笑顔になり、ふたりに向かって右親指を立ててみせた。

「静香さん、協力してくださってありがとうございました」

「美味しい江戸料理と真心のサービスが勝因ですよ」

「いやいや本当にありがたいよ。これで店は安泰だ。また来てくだせえ、じゃなくて、来てください」

「翔太、いい加減にべらんめえ口調から標準語に戻ってよ」

「そうしたいのは山々なんだけどよ、ここ何日かで身に染みちまってさ」

剣士に合わせて、玄も翔太の振りをしている。

いいぞ、玄さん。その調子で誤魔化し続けてくれ！

「剣士さん、ちょっといいですか？」

「もちろん。なんでしょう？」

静香が剣士のそばに近寄り、耳元でささやいた。

「翔太さん、何か事情がありそうですね。今も、初めに会ったときとは別人のオーラを感じます。剣士さんにも隠し事があるみたいだし、すごく謎めいてます。その謎の答えを聞いてもいいですか？」

心臓がドクンと音を立てる。

「べ、別に謎なんてありませんよ。気のせいだと思います」

「気のせい、なのかな？」

静香のすべてを見透かすような視線から、思わず目を逸らす。

ふふ、と含みのある笑い方をしてから、彼女は言った。

「じゃあ、そういうことにしておきましょう。わたしに何かできることがあったら、いつでも呼んでくださいね。わたし、三国志《さんごくし》の諸葛孔明《しょかつこうめい》が大好きなんです。あんな風に、おふたりの力になれたらうれしいな」

「ありがとうございます。そう言ってくださると心強いです」

「では、失礼しますね」

静香は剣士から離れ、格子戸の前でこちらを向いた。

「剣士さん、翔太さん。新装オープンを楽しみにしてます。ごちそうさまでした」

「お世話になりました」

頭を下げた剣士と、「ありがとうございい、ましした」とややぎこちなく挨拶した玄に丁寧にお辞儀をしてから、静香は姿を消した。

――まずい。静香は翔太の変化に疑問を抱いている。その変化をカバーしようとする自分にも、違和感を覚えているようだ。

だけど、真実を打ち明けるわけにはいかない。静香は信用に値する女性だけど、外部に翔太の秘密を漏らすのは危険すぎる。万が一、静香から誰かに憑依の話が伝わったら、それが噂となってこの店が気味悪がられ、客足が遠のいてしまうかもしれない――。

「いやぁ、可愛い女子だったなぁ」

何も気づかない玄が、陽気に笑う。

「剣士、静香と何こそこそ話してたんだよ」

「なんでもないです」

「もしかしてあれかい？　口説かれてたりしたのかい？」

「……あのね、玄さん」

ったくこの男は。人の気も知らないで呑気《のんき》すぎる。

「そんなんじゃないから。野暮なこと言わないでくださいよ」

「なんだとぉ？　俺が野暮だなんて、どの口が言うんだい」

「その口」

「あのなぁ、今日は誰のお陰で勝てたんだよ？　ちっとは感謝してもらってもいいんじゃねぇか？」

「それは感謝してます。玄さんと翔太のお陰です。ありがとうございました」

剣士は手を合わせ、深々と頭を垂れた。

「じゃあ、祝いで飲んでもいいかい？　お前さんの葡萄酒《ぶどうしゅ》。俺は白葡萄が好きなんだ。泡の出るやつ。このあいだ飲ませてくれただろ？　なんて呼んでたっけなあ。……しゃんぱ？」

「シャンパン」

「それそれ、それだよ。旨いよな、しゃんぱ。今日のおかずにだって合うと思うぜ。あの酸味と泡、ほのかな甘み。どんな料理にも合うすげぇ酒だよな」

図々しいなあと思いつつ、そんな玄がやけに大切な存在に思える。顔は翔太のままなのだから、余計にそう感じてしまう。

「了解です。片づけたら乾杯しましょう。着替えてきます」

「よっしゃ！」

張り切り始めた玄から離れ、二階の自室でシャツとジーンズに着替えた剣士は、安堵のため息を深く深く吐き出した。

いろいろあったけど、借金問題はなんとか解決した。思わせぶりに帰っていった静香のことは気になるが、今は引きずっている場合ではない。明日から本腰を入れて、オープン準備に取りかからなければならない。まだまだ越えるべき山は高いのだ。

下の厨房に入り、流し台で洗い物をしようとしたら、手袋をした手からビールグラスが滑り落ちた。

――パリン。

「おぃおぃ剣士、浮かれて割っちまったのか。箒《ほうき》で掃いちまうからそこどきな」

「すみません……」

慣れた手つきで砕けたガラスを片づける玄を見ながら、剣士はなぜか胸騒ぎを感じていた。

このまま順調にいくのだろうか？　落とし穴が待ってるんじゃないのか？　いや、グラスが割れたくらいで何考えてんだよ。もっと前向きになろう。信念を貫いて、この店を守らなければならないのだから。

「剣士、暗い顔しなさんなって。これ、そんなに高い器だったのかい？」

「いや、大丈夫です。洗い物しちゃいますね」

余計なことは考えないようにして、片づけに専念した。

◆

部屋着代わりの着物に着替え、カウンターで残り物をつまみながらシャンパンを飲む玄は、自分の手柄を散々語ってご機嫌だった。

「――やっぱよ、自分が作った料理でよろこんでもらうのは、うれしいもんだよな。おかず番付。銀しゃり。水羊羹。今回は、翔太の手はほとんど入ってねぇからな。目の前で婆さんたちの反応が見られてよかったよ。しかも百点満点だ。万々歳だよなぁ」

饒舌な玄が、またボトルのシャンパンを自分のグラスに注ぐ。もう三本目に突入しているのだが、そのほとんどを玄が飲んでいる。

それほど高いシャンパンではない。コスパの良い〝ブリュット・ダンジャン・フェイ ポール・ダンジャン・エ・フィス〟。剣士が好きで買い溜《だ》めしてあった、辛口のシャンパンだ。玄のお陰で問題が解決したのだから、このくらいご馳走してもいいと思っていた。

それに……。

桂子は今夜の料理代として、またカネを包んでくれた。前回の分も合わせると結構な金額になる。延滞金は結構と言ってくれたので、これを借金返済に充てれば楽になるはずだ。その精神的な余裕も、剣士が玄に酒を振る舞える要因だった。

桂子さん、もしかしたら、一度目の来店から僕たちを応援すると決めていたのかもしれない。わざと突き落とし、現実の厳しさを教えて、最終的には救う。彼女ならやりそうだ。息子たちにもそうしているのだろう。

粋な人だったな、と思い返しながら、玄の話に意識を向ける。

「静香もほかの家族もよろこんでたよなぁ。やっぱよ、客の前に出ると気分が上がるよ。早く店を再開させてぇよな。つきみ茶屋の暖簾が入り口にはためくのを、この目で見てぇよ。いやぁ、ますますやる気が増してきたぜ。今日は翔太を眠らせた甲斐があったわ」

「眠らせた……？」

聞き捨てならない言葉だ。

白あえを食べようとしていた剣士の手が止まった。

「それ、どういう意味ですか？」

「おっと、口が滑っちまったぜ」と玄が舌を出す。

「玄さん、厨房にいた翔太をわざと眠らせたんですか？」

「……ばれちゃあしょうがねぇな」

グラスのシャンパンを飲み干してから、玄はニヤリとした。

「今日だけはよ、俺が作ったもんを食ってどんな反応するのか、直《じか》に見たかったのさ。だから翔太を眠らせた。前にも言ったけどよ、俺はあいつを眠らせることができる。翔太が急に眠ること、度々あっただろ？」

もちろん、いきなり睡魔に襲われる翔太の姿は、何度も目撃している。

「逆もあるはずだ。俺が急に眠るときもある。それは、翔太が無意識に危険を察して睡魔を送ってくるからなんだよ。最近だとあれだ、水穂の家に行ったときだな。俺は眠気に勝てなくて翔太と入れ替わった。翔太が親父殿に謝ろうとしてた俺を、どうしても阻止したかったんだろう。俺たちは、お互いの〝代わりたい〟って欲求が高まると、強制的に相手を眠らせせられるんだよ」

そうだったのかと、剣士は腑に落ちていた。

玄と翔太が急に寝てしまうようになった理由が、やっと理解できた。

「翔太には悪いと思ってるよ。でもよ、無理やり成り代わんねぇと、俺を客の前には出してくれねぇだろ。仕方がなかったのさ。いいじゃねぇか。万事うまくいったんだから」

またグラスをグイッと呷《あお》る。

「だいたいよぉ、ずるいんだよ翔太は。俺に料理を作らせて、勝手に手を加えて、晴れ舞台で客の前に立つのはいつも翔太だ。俺だってたまには舞台に立ちてぇんだよ」

愚痴り始めた玄を、剣士は静かに見守っていた。

酔っ払いの相手はバーテンダーの頃から慣れている。ただ黙って話を聞いてやればいい。求められるまでは、余計なことを言ってはいけない。

「なあ、剣士ならわかってくれるだろ？　俺の気持ちをよぉ」

「よくわかりました。玄さんも、いろいろ我慢してたんですね」

とりあえずそう答えたが、内心では玄の言葉に困惑していた。彼は現状に不満があるのかもしれない。

翔太に相談したほうがいいかな……。

と思案していたら、いきなり玄が「その通りだ！」と大声を出し、ドン、とカウンターテーブルを叩いた。シャンパンのボトルが倒れ、中身がこぼれ出す。剣士はあわてて布ナプキンで液体を拭いた。

「飲みすぎです。もう仕舞いにしましょう」

「なんだとぉ！　今日は俺様の天下だ。酒だ酒だ、酒持ってこい！」

「玄さん、いい加減にして。僕、くたくたなんです。眠らせてくださいよ」

「おう、寝りゃあいいじゃねえか。俺様はひとりで飲んでっから」

「ダメですって。また誰か来たりするかもしれないから。店が開いてると思って」

柱時計を見ると、時刻は夜十時をすぎていた。さすがに誰も来ないだろうけど、べロベロの玄をひとりにするわけにはいかない。

……と思ったら、突然、格子戸がガラリと開いた。

「あー、やっぱりいたー。翔ちゃーん、剣士くーん、蝶子が来たわよー」

芸者姿の蝶子が、千鳥足で入ってくる。彼女もかなり酔っているようだ。舌が回っていない。

「蝶子さん、どうしたんですか？」

あわてて剣士は椅子から降りた。

「タクシーで近くまで来たから寄ってみたの。店に灯《あか》りが見えたからさ、ちょっとだけ翔ちゃんの顔見ていこーって。あれー、前髪にメッシュ入れた？　あ、シャンパン飲んでるんだー。あたしも飲んでいい？」

蝶子が仕事帰りにやって来て、一緒に飲むことはこれまでにも何度かあった。だが、ここまで泥酔した玄と蝶子が鉢合わせするのは初めてだ。

「お雪さん！」

玄が叫ぶ。酔っ払いのカン違いだ。

芸者姿だからお雪だと思っただけなのである。

「やだもー、別の女と間違えるなんて。翔ちゃんヒドイ」

ご機嫌だった蝶子の眉が、一瞬で吊《つ》り上がった。

「すみません、蝶子さん。翔太かなり酔ってて、一緒に見た映画のヒロインと蝶子さんを間違えてるんです。お雪、ってめっちゃ美人の芸者さんが出てくる映画で。なあ、翔太」

精一杯のフォローをしたつもりだったのだが、玄は瞳を潤ませている。

「そうさ。美人なんだよ、お雪さんは。とんでもねぇ別嬪さんだ。お雪さん、やっと会えて、俺はうれしいよ」

蝶子は「いくら美人だって、間違えるなんてヒドすぎる」と口を尖らせる。

「どうしたんだい、お雪さん。俺の前で怒ったことなんてないのに」

「だからお雪じゃないって言ってるじゃない。ちょっと剣士くん、なんとかしてよ！」

剣士は玄の肩を抱き、「翔太、飲みすぎなんだって。また人が変わっちゃってる。もう寝たほうがいいよ」と言ったのだが、ものすごい力で突き飛ばされた。

「人の恋路を邪魔すんじゃねぇよ！　この野暮天が！」

そのまま玄は、「お雪さん」と蝶子の手を取ろうとしたのだが……。

「翔ちゃん、あたしのこと舐《な》めすぎ」と手を振り払われた。

「どうせ取り巻き女のひとりだって思ってるんでしょ。知ってるわよ、そんなこと。だけどさ、別の女に間違えられるのだけは我慢できない！　謝ってよ！」

酔った勢いなのか、すごい剣幕で蝶子が怒り始める。

「……お雪さん、じゃねぇな。似ても似つかねぇ」

玄は、すぅっと冷ややかな目をした。

「あったり前じゃない！　ふざけないでよね！」

睨みつける蝶子をまじまじと見てから、いたって真面目な顔で玄が言った。

「間違えた俺が馬鹿だった。お雪さんは、そんな鬼みたいな顔してねぇから」

「なんですって——っ？」

ああああ、もう勘弁してくれ。どうやって取り繕ったらいいのか、マジでわからない。

「あたしのどこが鬼なのよっ。勝手にカン違いして鬼女扱いして。今夜の翔ちゃん最悪！　もう二度と来ないからねっ」

踵《きびす》を返して店を出ていこうとする蝶子。剣士は急いで彼女の前に飛び出した。蝶子は大事な翔太の顧客。ほかの顧客とも繋《つな》がりがある。怒らせたまま帰すわけにはいかないのだ。

「待ってください！　翔太はアルコールで物忘れが酷くなってるんです。店に借金問題が勃発して、そのために寝ずに動き回ってたから、泥酔しちゃってるんですよ！」

「借金？　借金ってなに？」

急に酔いが醒《さ》めたような顔をする。

剣士は蝶子に事実を告げることにした。

「うちの親父が遺した借金。四百万以上あって、それをどうにかしないと、この店と家を売るしかなかったんです。それが今夜、やっと解決したんですよ。だから翔太、飲みすぎてネジが飛んじゃったんです。勘弁してやってください。お願いします！」

「そんなに大変だったの？　ねえ翔ちゃん……あっ」

振り向いた蝶子が小さく叫ぶ。

なんと、玄が床にうつぶせで倒れている！

「翔ちゃん！」「翔太！」

駆け寄って玄の顔を覗き込む。顔に赤みがあり、汗をかいている。呼吸数が少ない。身体を揺すっても反応しない。

「急性アルコール中毒かもしれない。身体を温めないと！　蝶子さん、座敷席の奥にブランケットが置いてあるので、全部持ってきてください！」

「わかった！」

「翔太、聞こえるか？　翔太！」

玄を一度仰向けにし、顔と身体を横に向けて着物の襟元を緩めた。気管を詰まらせないようにするためだ。

「翔ちゃん、しっかりして！」

蝶子が持って来たブランケットで、ピクリとも動かない翔太の身体を包んだ。さらに「これもかけてあげて」と、着物に羽織っていたストールを差し出す。

「ありがとうございます。このまま目を覚まさないようなら救急車を呼びます」

「じゃあ、あたしも付き添うよ！」

「大丈夫です。もう遅いし、僕に任せてください。前にいたバーでもお客さんを介抱したことありますから」

「そんなのダメ。あたし、心配でこのまま帰れない」

「じゃあ、ちょっとここにいてください。水を取ってきます」

「ああ、翔ちゃん……」

泣き出しそうな顔で屈《かが》んでいる蝶子から離れ、厨房の冷蔵庫からペットボトルの水とヘアバンドを持ってきた。

もしも目を覚ましたら、すぐに水を飲ませて体内アルコールの濃度を薄めないと。

そして、目を覚ますときには翔太に戻るはずだから、今のうちにヘアバンドで前髪を隠しておこう。

それにしても、酒に強い翔太では考えられない事態だ。玄はそれほど酒に強くなさそうだったので、飲み慣れていないシャンパンにやられたのか？　同じ身体でも人格が異なると、体質まで変化するのかもしれない。

「汗をかいてるから、これをつけて汗を抑えておきます」

剣士は玄の頭を少し浮かせ、ヘアバンドをつけた。蝶子は特に疑問を感じたそぶりも見せず、心配そうに玄を見つめている。

「うう……」

小さな唸り声がした。

「翔太！」「翔ちゃん！」

深く息を吸い込んだ翔太が、うっすらと目を開けた。

「……あ……ま……の……か……」

「なに？　もう一回言って！」

蝶子の叫び声に顔をしかめ、翔太は再び唇を動かした。

「頭、痛い。喉、渇いた」

「水だ。水を飲んで！」

剣士は膝に翔太の頭を乗せ、水を飲ませた。

やがて、思い切り深呼吸をしてから、翔太が上半身を起こした。

「参った。頭がフラフラする。一体、何が起きた？　オレはなんで床に倒れたんだ？この香り。かなりシャンパンを飲んだようだが……」

「翔ちゃん！　なにも覚えてないの？」

「蝶子？　なんで蝶子がここに？」

「やだ、あたしをお雪って女だと思ったことも？　鬼呼ばわりしたことも覚えてないわけ？」

「……覚えてない。そうか、そういうことか……」

低くつぶやいて剣士を見る。玄がやらかしたと認識したのだろう。剣士は無言で頷くことしかできない。

「かなり嫌な想いをさせたんだろうな。蝶子、本当に申し訳ない。きっと、オレは醜態をさらしたんだろ。不甲斐ないよ……」

右手で頭を押さえながら、翔太がうなだれる。

「いいよ。意識を取り戻してくれたんだから。急性アルコール中毒で病院行きになるかと思った。心配したんだからね」

蝶子は泣きそうな顔で、翔太の左手を握っている。

玄が倒れたことが功を奏し、いつもの気のいい蝶子に戻ってくれた。

翔太も穏やかな表情で蝶子を見つめている。

「いつも気にかけてくれてありがとな。せっかく蝶子が来てくれたのに、楽しくさせてやるどころか、不愉快にさせてごめん。オレはどうやって償えばいい？」

「そんな、償うだなんていいよ。このあいだだって、たっちゃんのワガママ聞いてくれたんだし。いきなり豆腐料理を作れだなんて、無茶ぶりにもほどがあるよね。あれ、あたしの顔を立ててくれたんでしょ。本当にありがと。でもさ……」

「でも、なんだ？」

「やっぱり翔ちゃん、アルコール依存症になってるんだよ。もう飲むのやめなよ。記憶をなくすほど飲んで人が変わったようになるなんて、翔ちゃんらしくないよ」

少しの間があってから、彼は小声で答えた。

「そうだな。やめるよ。こんなオレはもう嫌だ。本当にやめる」

そして翔太は、何かを決意したかのように唇をきつく結んだ。

うんうん、と蝶子が頷いている。

翔太はふらつく足で立ち上がり、蝶子の肩を借りてカウンターに座った。

「剣士、悪いがもう少し水がほしい」

「わかった。ちょっと待ってて」

コップに水を入れて翔太に手渡すと、一気に中身を飲み干した。

「翔ちゃん、今日はもう飲んじゃダメだよ」

蝶子は翔太の隣に座り、彼の腕に手をかけている。

「もちろんだ。酒なんて飲みたくない。心配かけてホントごめんな。近いうちに、蝶子の店に行くよ。今夜のお詫びだ。そのときに飲ませてもらう」

「あら、うれしい。でも、飲むならノンアルコールにしてね。ノンアルのビールもワインも用意してあるから」

いつも通り和やかに、翔太と蝶子が話している。

とりあえず、この場は収まった。よかった……。

剣士がひと安心した途端、また格子戸が開き、思いがけない人物が店に入ってきた。

「静香さん、どうしたんですか？」

ずいぶん前に帰宅したはずの静香が、そこに立っている。

驚く剣士に、彼女は言った。

「戻ってきちゃいました。家でいろいろ考えてたら、どうしてももう一度おふたりと話したくなって……」

「あら、静香ちゃん、こんばんは。こんな時間にこんな場所で会うなんて、奇遇だわねえ」

蝶子はこれみよがしに、翔太にグイッと寄り添う。

「蝶子さんもいらしてたんですね」

屈託なく微笑んだ静香だが、なんとなく態度が固い。

「こんな遅くに大学生のお嬢さんが出歩いたら危険よ」

「大丈夫ですよ。うち、ここからすぐなんです」

「でもね、いま翔ちゃんは体調が悪いの。またにしたほうがいいと思う」

「そうなんですか？　それは申し訳ありません。バイトの件でご相談があって。ほんの少しだけ、翔太さんと剣士さんと話したかったんです」

「あら、本気でバイトする気？　剣士くん、人を雇う余裕なんてあるの？　お店、いろいろと大変そうなのに」

大変そう、とは借金話のことだろう。

「静香さん、改めて今夜はありがとうございました。ご家族の皆さんによろこんでもらえて、本当によかったです。お陰で桂子さんから融資を続けてもらえることになったし、延滞金も免除してもらえるみたいです。お礼もたくさんいただいてしまって、今は命拾いをしたような気持ちですよ」

事情を把握していない翔太のために、わざと今夜の結果を繰り返す。

「本当に助かりました。静香さんがいてくださったからです。喜寿のお祝いを企画して正解でした」と翔太が続ける。

さすが、危機回避能力に長けた男。瞬時に事情を察したようだ。

「ふーん。融資、ね。このお嬢さんが力を貸したから、お金の問題が解決したってことなんだ。若いのにすごいのね」

やや不機嫌そうに蝶子が言った。

「それほどのことはしてませんよ。お婆様の喜寿のお祝いを、家族を集めてしていただけたらいいな、とは思ってましたけど」

ニコニコと静香が言い返す。

「家族を集めて？　最初からそう思ってたんですか？」

驚きの声を発したのは剣士だ。

「なるほどな」と翔太が頷いた。

「そんな気はしていたんですよ。桂子さんは家族と疎遠になっている。ひとり暮らしで散財している。間もなく喜寿の誕生日を迎える。その情報を静香さんがくれたから、オレは〝静香さんに橘家一同を集めてもらい、桂子さんの喜寿の祝いをする計画〟を思いついた。最初からその方向に導いてくれようとしたんですね。桂子さんがよろこぶとわかっていたから」

どこか楽しげな静香は、「さっきも言いましたけど、わたし三国志の諸葛孔明が好きなんです」としか言わない。

「素晴らしい軍師だったんですね。静香さんに味方になってもらえて、オレたちはラッキーでした」

「翔太さんにそう言ってもらえるとうれしいです。さっきとはまたオーラが変わりましたね」

「そうですか？　料理や接客に没頭しているときは、自然に江戸っ子風になってしまいますから。テンションが変わるんですよ」

即座に誤魔化した翔太だが、静香は「そう、なんですかね？」と疑問形で受けて微笑んでいる。

そんな静香に、剣士は戸惑っていた。

最初は可愛くて清楚な女子大生だなと、ほのかな好意を抱いていたのだが、彼女はずば抜けた切れ者だ。だからこそ、翔太と玄のオーラが違うと見抜き、剣士が謎めいていると指摘したのだ。そして、一度帰ったのにまた戻ってきた。静香の目的がわからない……。

「わたし、タロット占いが得意なんです。うちに帰ってから占ってみたんですけど、何度やっても同じ結果になるんですよ。わたしはここでおふたりに協力するべきだって。それで、居ても立ってもいられなくなって、お願いに来ちゃったんです。絶対にこのお店の役に立てると思います。だから剣士さん、本当にバイトさせてもらえませんか？」

真剣な眼差しで頼まれ、返答に詰まってしまった。

「ちょっと静香ちゃん、空気を読みなさいよ。剣士くん、困っちゃってるじゃない。ねえ剣士くん。まだ人を雇う余裕なんてないんでしょ？」

「実は、そうなんですよね。予想外の出費があって。バイトさんを雇いたいのは山々なんですけどね……」

蝶子の助太刀に乗って断ろうとしたのだが……。

「余裕ができるまでは、無償でも構わないです。江戸料理を提供するおふたりの助けになりたいって、本気で思いました。三国志でたとえるなら、わたしという孔明が、剣士さんと翔太さんという劉備《りゅうび》を見つけたって感じかな。つきみ茶屋は、飲食店業界で天下が取れる気がするんですよ」

静香は諦めようとしない。

「そこまでこの店を見込んでくださって、ありがてぇ、のひと言です。でも、無償で働いてもらうわけにはいかねぇです。返事は店がオープンして、少し様子を見てからでもいいですか？」

わざと江戸弁交じりで翔太が言った。

「翔ちゃんの言う通りよ」

すかさず賛同した蝶子が、ますます身体を翔太に密着させる。

「バイトならあたしの店ですればいいいんじゃない？　紹介するから」

「いえ、本当にお金がほしくてバイトがしたいんじゃないんです。ここで、剣士さんと翔太さんのお力になりたいだけ。信じてください。必ずお役に立ってみせます。わたし、カンも働くし口も堅いんですよ」

意味深な視線を剣士に向ける。

やはり、翔太の異変に気づいているのだろうか？　味方になってほしい気もするが、それは時期尚早だ。

「まー、ずいぶんな惚れ込みようね。まさか静香ちゃん、翔ちゃん目当てじゃないわよね？」

「そうです」

「なんですって？」

蝶子が目をぎらつかせると、静香はフフと小さく笑う。

「ウソですよ。翔太さんだけじゃなくて、剣士さんにもすごく興味があります」

「ちょっと、あたしをからかう気？」

やや感情的に憤る蝶子。

「そんなつもりはないです」

余裕の笑顔でかわす静香。

女性ふたりのあいだで、透明な火花が飛び交っている。

「蝶子、気が高ぶってるな。さっきオレが迷惑をかけたせいだ。ごめんな」

穏やかな声で翔太に謝られて、蝶子があわて始める。

「翔ちゃんのせいじゃないよ。あたしこそごめん」

さすが翔太、ナイスフォロー。

すかさず剣士が会話に割り込んだ。

「あの静香さん、バイトの件なんですけど……」

「はい」

「お気持ちはありがたく受け取っておきます。バイトさんを雇えるようになったら、真っ先に声をかけさせてください」

一応、そう言っておくことにした。

すると静香は残念そうに、「わかりました」と頷いた。

「今夜は諦めますね。でも、お店がオープンしたら、またお願いに来るかもです。リアル〝三顧の礼〟ですね」

「さんこのれい？　なにそれ？」

蝶子が首を捻っている。

「三国志に出てくる劉備将軍が、軍師の諸葛孔明に力を貸してほしいと、三度も孔明の家に自ら出向いた。二度は断った孔明だけど、劉備の誠意に応えて三度目に承諾した。そんな故事から生まれた言葉です」

すらすらと解説する静香に、蝶子は感心したように頷く。

「へえー。静香ちゃん、物知りなのねえ。見た目も可愛いし、ホントにうちの店でバイトしてほしいなあ」

「ありがとうございます。でも、蝶子さんのように美しい所作《しょさ》、わたしにできるとは思えませんから」

褒め合っているようだが、妙な緊張感がある。

どうにも居心地が悪いと、剣士は思っていた。きっと翔太も同様だろう。

「夜分に押しかけて失礼しました。帰りますね」

「静香さん、遅いからお送りしますよ。蝶子さんも」

剣士が女性たちに申し出ると、「やだ、あたしも追い返す気？」と蝶子がむくれる。

「蝶子、悪い。まだ頭が痛むんだ」

翔太に言われて、「そっか、そうだよね。ごめんね」と謝る蝶子。

なんだかなあと思う剣士だが、蝶子は翔太の熱烈なファンなのだから仕方がない。

「翔太さん、顔色が悪いです。前にもそんな風に体調を崩してましたよね。お忙しいでしょうけど、無理はしないでくださいね」

心配そうに静香が翔太に近寄ると、「はいはい、ストップ。それ以上は翔ちゃんに寄らないでねー」と蝶子が制する。

「蝶子さん、翔太さんのマネージャーさんみたいですね」

微笑む静香だが、目は笑っていない。

——静香さんがここのバイトに執着するのは、マジで翔太が目当てなのかもしれないな。でも、こんな風に翔太を挟んで女性たちがバチバチしているのは、バーテンダー時代に何度も見たことがある。もう慣れっこだ。

やれやれ、と剣士は小さく肩をすくめた。

「申し訳ない。本当に体調が悪いので、今夜は剣士に送ってもらってください。また来てくださいね」

翔太の言葉に、静香と蝶子は素直に従った。

ふたりともタクシーを拾うというので、剣士は表通りまで送った。

ほぼ口を利かなかった彼女たちは、別々の車で家路についたのだった。

◆

「はー、疲れた。もうクタクタだよ」

店に戻ると、カウンターの翔太は額に手を当てて目を閉じていた。

「……翔太？　ここで寝たら風邪ひくぞ？」

「ああ、考え事をしていただけだ。今日はいろいろとすまなかったな。桂子さんの件はうまくいったようでよかったけど、オレが寝ているあいだに終わってしまったのが残念だよ」

翔太はこめかみを指で押さえている。まだ頭痛がするのだろう。

「玄さんが出てきたときはマジ焦ったよ。あの人、自分の作った料理がどう評価されるのか、どうしても直に見たかったらしい。それで、翔太を眠らせたそうだ」

「オレはまた眠らされたのか……」と思案げな顔をする。

「玄さんが言ってた。『俺たちは、お互いの〝代わりたい〟って欲求が高まると、強制的に相手を眠らせられるんだ』って。翔太が玄さんを寝させることもあるみたいだね」

「そうなのか？　まったく自覚はないが」

「翔太が無意識に危険を察して睡魔を送ってくる。玄さんはそう言ってた」

「そうか。……なあ、剣士」

いきなり翔太の表情と声のトーンが暗くなった。

「どうした？」

「さっき、つくづく思った。強制的にチェンジさせられるのはキツすぎる。自分が知らないあいだに別の男になって、誰かに迷惑をかけるんだ。親父や姉貴はまだしも、客の蝶子に暴言を吐いたのが致命的だった。正直、恐ろしいんだ。このまま玄に身体を乗っ取られるような恐怖を感じる」

剣士から目を逸らし、翔太は本音を吐露する。

「今日の計画は、玄がいたからうまくいった。それは確かだ。でも、このままの毎日が続くのかと思うと滅入《めい》ってくる。これで店をオープンさせたらどうなる？　また玄に眠らされて成り代わられたら？　玄をコントロールしきれなくて、ゲストにも迷惑をかけるかもしれない。それを考えると、店をやる気まで起きなくなってきそうだ」

「翔太……」

ますます翔太は表情を暗くする。

「……やっぱり、もう一度するしかないのかな」

「何を？」と言いながらも、剣士は次の言葉を覚悟していた。

「封印だ。あの金の盃を使って」

ドクン、と鼓動が大きくなった。

覚悟はあっても、それを翔太の口から聞くのは辛い。

封印しか方法がないのはわかっている。生前の玄は、お雪のためにとっておきの膳を作るのが夢だった。それが叶わなかったから未練が残ってしまい、成仏できずにいるのだ。でも、剣士の祖先でもあるお雪は、遥か昔に亡くなっている。翔太が元に戻るためには、無理やり封印するしかないだろう。

「オレは、新しいつきみ茶屋と剣士のために、玄と共存するつもりだった。でも、もう耐えられないかもしれない。もし、オレが金の盃を使いたいと本気で思ってしまったら……。剣士、許してくれるか？」

なんと答えたらいいのか、一瞬だけ迷いが生じた。

破天荒だけど頼りになる玄。刃物恐怖症を乗り越える勇気をくれた玄。

……まるで、亡き父のような気配を醸し出す玄。

もう二度と会えなくなると思うと、胸がえぐられるように痛む。

だけど……。

大事な幼馴染の翔太を、裏切るわけにはいかない。

小学生の頃、実の母親が従業員と駆け落ちしたことで、いじめの対象になってしまった翔太。別の学校に通っていた剣士は、あの頃の翔太にとって唯一の友人だったらしい。「剣士の前でだけは素になれる」と、翔太は何度も言ってくれた。

自分だってそうだ。翔太がいてくれたから、両親亡きあとのつきみ茶屋を、どうにか再興したいと思えるようになったのだ。最初はワインバーとして。今は、江戸料理の店として。

その翔太が、玄のせいで苦しんでいる。迷っている場合ではない。

「もちろんだ。許すも許さないもないよ。決めるのは翔太だ」

翔太の目を真っすぐ見ながら答えた。

苦しそうに顔を背けて、翔太は言った。

「わかった。ありがとう。少し考える」

――気まずい沈黙が続く。

「翔太、ちょっと待ってて」

剣士は覚悟を決めて、カウンターから離れた。

そのまま物置に行って、奥にあるダイヤル錠つきの収納ボックスの前に立つ。木製の金庫のような造りの箱だ。暗証番号を入れて扉を開け、中から布でくるまれた金の盃を取り出す。

〝怪しい音をたてて動いたり、どこかに捨てても元の場所に戻っていた〟との伝承がある禁断の盃。これを厳重に保管するために、剣士が鍵つきの収納ボックスを購入したのである。

そっと布をはいで中を見る。

純金でコーティングされた、怪しく光る盃。

百七十年以上も、玄の魂を閉じ込めていた器――。

これがあったから、翔太は玄に取りつかれてしまった。

でも、これがあったから、自分と翔太と玄はひとつの目的で結ばれたのだ。

つきみ茶屋の暖簾を守っていく、という目的で。

だけど、誰かと結ばれた紐は、いつか解けるときが来る。

そしてまた、別の誰かと結ばれる。

一度離れた誰かと、また紐を結び直すことだってあるだろう。

生きていく、というのは、誰かとの紐を結んで解いての繰り返しなのだ。たとえひとつの紐が解けたからといって、悲観することなど何もない。

――そんな風に、自分に言い聞かせる。

もう一度盃を布で包み、翔太の元に戻った。

「これ。翔太に渡しておくよ」

金の盃を手渡す。

「剣士……？」

「さっきも言ったじゃないか。決めるのは翔太だって。前に言ってたよね。玄の味は自分が再現できる。もう玄に頼らなくても大丈夫だって。だから、もう限界だと思ったら、これを使って。僕には相談しなくてもいいから」

　翔太が手元をじっと見つめる。

「翔太が次の日も翔太だったら、それだけでわかる。何も言わなくていいよ。僕に謝る必要もない」

「……わかった。ありがとう」

「今夜はもう寝よう。明日からはオープンの準備だ。借金問題も片づいたし、やっと本腰を入れられる」

「そうだな。オレはまだ頭が痛い。爆睡してしまいそうだ」

「ゆっくり寝て。起こさないようにするから」

　それからふたりは二階に上がり、寝仕度を整えてそれぞれの部屋へ入った。

　剣士はいつまでも寝つけないまま、暗い天井を見上げていた。

第5章　「初めて作った美味な朝餉《あさげ》」

次の日。早く起きてしまった剣士は、ひと通り掃除を終えてから、厨房の流し台に立った。同居人はまだ寝ているようだ。

まな板を取り出し、セラミックの黒い包丁を握ってみる。

——痛みは感じない。

冷蔵庫から豆腐を取り出し、まな板に載せて刃先を当ててみた。

目をつぶって握った柄に力を入れる。

左手に少しだけ痛みがあったが、なんとか切ることができた。

ふー、と息を吐く。額に汗が滲んでいる。

豆腐を切るだけで汗がふき出すなんて、まだまだ練習が必要だな……。

「剣士」

「うわっ」

急に後ろから声をかけられて、飛び上がりそうになってしまった。

「すげぇな！　やっぱりその包丁なら大丈夫なんだな」

眩しいほどの笑顔。着物姿で前髪が白い。これは玄だ！

昨日、翔太は盃を使わなかったんだ。よかった……。

安心感で笑みがこぼれそうになったが、玄に悟られないように平静を装う。

「まだ大丈夫って言えるほどじゃないです。でも、少しは前進できたかもしれない」

「少しどころじゃねぇよ。ものすごい進歩だ。本当に大したもんだよ」

「玄さんと翔太のお陰です」

こんな些細なことを、一緒によろこんでくれる相手がいる。その尊さとありがたさを、しっかりと噛みしめる。

「その豆腐、細かく切れそうかい？」

「……いや、まだ無理かな」

「よっしゃ、俺が切ってやる。朝餉の準備をしよう。お前さんは切る以外のことを手伝ってくれ。そうだ、米を研いでおくれよ。飯の炊き方を教えてやるから」

「米……。ほとんど研いだことがないです」

「はー、しょうがねぇな。ちゃんとした研ぎ方を教えてやるよ」

素早くヘアバンドをした玄は、木の桶に米を入れ、その桶を浄水器のついた蛇口の下に置く。

剣士はいつものように、スマホで会話を録音し始めた。あとで翔太に聞かせて、事情を把握させるためだ。

「俺が生きてた頃はよ、井戸まで桶を運んで米を研いだもんさ。今は便利でいいよなぁ。魔法の蛇口があるからな。いいか、米は研ぎ方で味が変わるんだ。まずは、軽く何回か混ぜたら、すぐに水を捨てる。ぐずぐずしてっと糠の臭いを米が吸っちまうからな。で、しっかり水を切る。やってみな」

言われた通りに蛇口から水を流し、米を混ぜて水を切った。

「よし。また水を入れて、今度はかき回すように研ぐ。手つきは何かを掴むような感じだ。それで同じ方向にぐるぐる回す。――強くこすったりしねぇようにな。米が割れちまうから。――そうそう、その調子だ。白くなったら水を捨てる。三回くらい繰り返すと、水の白が透けてくる。透け透けになるまでやっちゃ駄目だ。栄養も旨味《うまみ》もなくなっちまうからな」

玄の見守る中、剣士は米を研ぐ。まるで、母親から料理を教えてもらう子どものように。

「このまま土鍋に入れて、しばらく水につけとくんだ。米が水を吸って旨く炊けっからな。そのあいだに汁もんの準備だ。まずは出汁を取る。今日は鰹節と昆布の合わせ出汁だ」

玄は出汁の取り方を説明しながら、剣士に実践させた。今までも見てきた工程だが、剣士にしっかりと教えようとしているようだった。

昆布を小鍋の水につけ、弱火でじっくり煮て、沸騰する直前に取り出す。取り出したら汁を沸騰させ、削り節を入れて底に沈んだら火を止める。灰汁《あく》を取ったら再び火をつけて沸騰させ、また削り節が沈んだら、こし布で出汁をこす。

「味噌汁なら鰹節の一番出汁で十分なんだけどよ、澄まし汁は合わせ出汁で作らねぇとな。あ、出がらしは捨てたら駄目だぜ。昆布は細かくして煮物に使う。鰹節は乾煎《からい》りして塩と白胡麻なんかを入れりゃあ、立派なおかずになる。鰹節の出がらしなんざ、たまには庭に来る猫に食わせてやってもいいけどな。余り飯に混ぜたりして」

「それ、猫まんまって言うんですよ。うちの親がミケにあげてました」

ミケというのは、庭にやってくる野良猫に勝手につけた名前だ。

両親亡き今は、剣士が買い置きした猫用の缶詰をあげている。

「そりゃ偶然だなぁ。俺も食わせたぜ、猫まんまってやつをよ。翔太に取りついてから何度かな」

などと話していたら、ニャーと勝手口の外から鳴き声がした。

「あ、ミケだ。ちょっと缶詰あげてきます」

「待て待て。出がらしの煮干しがある。ここの棚に干したのが入れてあっから、混ぜてやんな。よろこんで食うから」

いつの間にか、玄はミケの餌まで考えるようになっていたらしかった。

でっぷりと太った三毛猫のミケに、煮干しを細かくしてかけた缶詰の中身をやると、すごい勢いで食べ始めた。

玄は剣士と並んで、ミケを楽しげに見つめている。

「可愛いなぁ。長生きしろよ。三味線なんかにならねぇようにな」

「玄さんのブラックジョークですね」

「ぶらっく？」

「なんでもないです。中に入りましょう」

静かに勝手口を閉じ、入念に手を洗ってから再び厨房に立つ。

「そういえば剣士、ここの暖簾はどこにあるんだい？」

「物置の中に吊るしてありますよ。シワにならないように」

「ちょっと見てきてもいいかい？　お前さんの親御さんが大事に大事にしてきた、大切な暖簾だ。拝んだらご利益がありそうだと思ってたんだよ。毎日でも拝みたいくらいだ」

「どうぞ。僕も一緒に行きます」


ふたりで物置に入り、奥に吊るしてある暖簾の前に立った。

紺の麻布の右端に〝つきみ茶屋〟と白抜きされた、この店のシンボル。

玄はすぐさま両手を合わせて、何かを拝んでいる。

──信心深いんだな、江戸時代の人だもんな。と改めて思う。

剣士も店の成功を祈っておいた。

拝み終えた玄は、じっと動かずに暖簾を見つめている。

その肩が、なぜか少しだけ震えていた。

「さー、これで気合が入ったぜ。出汁はできたから、次は米を炊く番だ」

厨房に戻った玄は剣士に水加減を教え、ガスレンジの火をつけさせた。

「これも一瞬で火が使える魔法の竈《かまど》だよなぁ。火吹竹で火種を絶やさないように、見張る必要がないからな。なんでも冷やせる魔法の箱もあるしよ、この台所は料理人の極楽浄土だ」

愛おしいものを見るようにガスレンジや冷蔵庫を眺めてから、玄は剣士に言った。

「いいか、〝初めちょろちょろ中ぱっぱ、じゅうじゅういうとき火を引いて、赤子泣くとも蓋とるな〟。これが基本だ。最初は弱火で鍋全体を温めて、中頃は強火で加熱する。沸騰したら火を弱めて、最後は蓋を取らずに余熱で蒸らす。さ、お前さんが火加減をしておくれ」

「ちょっと、いきなり無理ですよ。玄さんが指示してください」

「まあ、そうだよなぁ。剣士はいつも見てるだけだったからな。自分でやろうとしないと、なんだって覚えられないもんさ。だけど、お前さんは包丁を使いたいと思った。この店のためだ。料理の基本くれぇ、覚えといたほうがいいぜ。翔太の手伝いができるからな」

その通りだ。これまでは料理などしようともしなかったが、それでは駄目だ。割烹の経営者になるのだから、ちゃんと覚えておかないと。

「わかりました。教えてください」

「じゃあ、俺が言う通りに土鍋の火加減をやっとくれ。そのあいだに、横の鍋でおかずの準備をする。今日は昆布と鰹節の佃煮《つくだに》にしよう。ああ、お揚げさんも入れようか。こくが出るからな」

玄は出がらしの昆布と削り節、冷蔵庫から出した油揚げを刻み、小鍋に入れた。

「ここに水、醤油、酒、砂糖を入れて、汁がなくなるまで煮詰めるのさ。調味料の加減は教えてやっから、自分でやってみな」

剣士は調味料を少しずつ入れ、鍋に火をつけた。最初は中火、ひと煮立ちしたら弱火にする。

「よし。あとは煮詰めるだけだ。どうだい、案外簡単だろう？」

「いや、簡単じゃないです。調味料の微妙な配合で味が変わる。食材によっても変わるだろうし、季節なんかでも調整が必要でしょう。夏はさっぱり気味に、冬はもっと濃い目にしたりとか。それは経験がないと無理ですよ」

「その通りだわな。お前さん、なかなかわかってるじゃねぇか。筋は悪くなさそうだ。包丁さえ怖くなけりゃ、いい料理人になれたかもしれねぇな」

「そうかな。まったくなる気はなかったけど。でも、料理は作れなくても語れるようにはなりました。玄さんに仕込まれたから」

「料理を席に運んで、食材や調理法、江戸ではどんな意味があったのか伝えるのが、お前さんの役割だからな。料理ができる翔太が幼馴染で本当によかったなぁ。翔太は俺の子孫だからかなり優秀だ。きっとすげぇ料理人になるぜ。昨日は俺が羽目を外しちまったようで悪かったよ。あとで翔太にも謝っといておくれ」

「わかりました。もう翔太を困らせないでくださいよ、マジで」

「おう、本気で反省してっから。もう困らせるようなこたぁしねぇよ」

どうだかなあ、と思ったが何も言わずにいた。

玄をどうするのかは、翔太に任せたのだ。できれば、このまま玄と翔太の二・五人でずっといたいけど、それは自分のエゴだと自覚している。何よりも大事なのは、翔太がこの先どうしたいか、なのだから。

佃煮の鍋が沸々と煮えている。甘辛いタレの香りが、鼻孔を刺激する。

「おっと、土鍋の米がいい音をさせてきたぜ。そろそろ強火にしておくれよ」

「はい、強火ですね」

――その後も玄に言われるがままに、剣士は火加減をしていった。

これが料理か。なかなか楽しいじゃないか。立ち込める美味しそうな香り。グツグツ、コトコトと鳴る各鍋の音。
なんとなく、亡き父親が厨房に立っていたときを思い出す。

「そうだ剣士。庭から干し柿を取ってきてほしいんだよ。ひとつでいいから」

「了解です」

庭に出て、軒下にぶら下がっている干し柿の中から、食べ頃になっていそうなものをひとつ取った。これは、玄が庭にある柿の木から渋柿をもぎ、皮を剝いてさっと茹でたあと、ひとつひとつをビニール紐で吊るしたものだ。

この庭には、紫蘇やらミョウガやら蔓紫やら、食べられる植物がたくさん生えている。家業に興味がなかった頃は、庭にも興味がなかったが、今は玄に教えられたため、どれが何だか把握してある。

玄さんのお陰で、自分も相当変わったよなあ……。

何もかかっていない格子戸から、店の中に戻る。ここに紺色の暖簾がかかる日を、楽しみに思いながら。

「はい、干し柿。これでいいですか」

「おう、上等だ。こいつを半分に切る。で、今作ってる佃煮を中に詰めるんだ。干し柿と佃煮はよく合うんだよ」

「そうなんだ。知らなかった……」

「干し柿はいろんな料理に合わせられるから、うまく使うように翔太に言っといておくれよ」

そのとき、白米の土鍋がシュウシュウと蒸気を噴き出した。

「剣士、土鍋の音が変わったのがわかるだろ。弱火にしておくれ」

「了解」

「よっしゃ、もうしばらくしたら火を止めて、じっくり蒸らす。そしたら旨い飯の炊き上がりだ。そろそろ佃煮の汁も煮詰まってきたな。汁もんを作っておくか。今朝は、すった豆腐と泡立てた卵を合わせて、澄まし汁に流し込む〝ふわふわ豆腐〟だ。俺が翔太に初めて取りついたときに作った、豆腐百珍のひと品だよ。剣士、まずは豆腐をすり鉢ですっておくれ」

「すり鉢も使うの初めてだけど、やってみます」

その後もいろいろと指示を出され、剣士は忙しく動き回った。

◆

やがて、カウンターテーブルに朝餉が並んだ。

オコゲ交じりの白米に天然塩と黒胡麻をまぶし、剣士が握ったやや不格好なおにぎりがふたつ。中に昆布と鰹節、油揚げの佃煮を詰めた干し柿。玄がカットしたお手製の茄子の糠漬け。そして、合わせ出汁が香るふわふわ豆腐。茄子の糠漬け以外は、玄の指示で剣士が作ったものだ。

「よし、いただくぜ」「いただきます」

ふたりは同時に声を出し、箸を動かした。

剣士はまず、佃煮詰めの干し柿にかぶりつく。

「わ、意外な美味しさだ」

濃厚な味つけの佃煮と、ねっとりとした柿の甘みが相まって、どこか高級感のある料理となっている。酒のつまみにも最適だろう。

佃煮の醤油味は、まだホカホカのおにぎりともよく合い、ガツガツと頰張ってしまう。もちろん、茄子の糠漬けだって白米との相性は最高だ。サクッと齧《かじ》って、またモリッとおにぎりを食べる。

勢いよく飲み込んだため、喉に詰まりそうになった。湯気が立ち上るふわふわ豆腐に手を伸ばす。――はぁー、と声が漏れる。

丁寧に出汁をとった澄まし汁に、茶碗蒸しのような具が入ったふわふわ豆腐。最初に食べたときと同じ感動が、胸の奥から湧き上がる。

「ウマい。染みる……」

あっという間に椀が空になっていく。

「ふわふわ豆腐、いきなり玄さんが作りだしたときは驚きましたよ。まさか、本当に江戸時代の料理人だったなんてね。魂の乗り移りなんて信じてなかったから、初めは翔太がおかしくなったんだと思いました。あれからもう、ひと月くらい経つんですね」

「早いもんだねぇ。翔太が金の盃を使ってくれたからだ。お前さんが使ったんじゃ駄目だったんだよ。俺は血族にしか取りつけないからな。使ったのが翔太だったから、俺はまた生き直すことができた。ありがたいよ」

南無南無、と、玄がその場で手を合わせる。

「あれ？　玄さん、指に怪我してますよ」

玄の右人差し指の先から、血が滲んでいる。

「ああ、さっきな。昨日の屑《くず》の袋をまとめてたら、器の破片が入っててよ。うっかり切っちまった」

「それ、僕が割ったビールグラスのガラスじゃ……」

申し訳なさで一杯になり、箸が止まる。とはいえ、ほぼ完食していたのだったが。

「まぁまぁ、気にしなさんな。こんな軽い傷、舐めてりゃすぐ治るさ。そんなことよりもよ、どうだい自分でこさえた朝餉は。どれも旨くできたじゃねぇか。お前さんは、やりゃあできる男だ。俺は前からそう思ってたよ」

食事の半分ほどで箸を置いていた玄が、やさしく目を細める。

よく見ると、料理の横に徳利《とっくり》が置いてあった。コップの水を飲んでいるのかと思っていたが、入っていたのは酒のようだ。

剣士は自分のコップの水で喉を潤してから、照れ隠しでややぶっきらぼうに返事をした。

「いや、まだ包丁は使いこなせないし、料理だって自分ひとりじゃ作れる気がしない。まだまだですよ」

「大丈夫だ。翔太はもう俺と同じことができる。出汁の取り方、素材の切り方。煮る、茹でる、焼く、炊く、揚げる。江戸料理の基礎は完璧だ。なんてったって、江戸っ子の俺が取りついてたんだからよ、身体が自然に覚えるもんさ。だから、剣士は翔太から習えばいい。すぐ手伝えるようになるさ」

「また玄さんが教えてくださいよ」

何げなく言ったら、玄は厳しい声で言い返した。

「いや、駄目だ」

そのとき初めて、剣士は玄の様子がおかしいことに気づいた。

口元を引き締め、思い詰めたような表情をしている。

「玄さん、どうかしたんですか？」

不吉な予感がする。

パンパンになった胃袋の底から、不安色の煙が噴き出してきそうだ。

玄は着物の胸元から、そっと何かを取り出した。

──金の盃だ。

そして彼は、徳利の中身を盃になみなみと注ぎ、穏やかにこう言った。


「俺は、そろそろお暇《いとま》するよ」


頭に重いものが落ちてきたような衝撃を受けた。

「なんで？　どうして？　なんで今？」

翔太には『いつでも盃を使っていい』なんて言ったくせに、玄が自分で使おうとするなんて想像もしていなかった。

「……まさか、もう消えちゃうつもりだったから、僕に米の炊き方とか出汁の取り方とか、いろいろ教えようとしたんですか？　ねえ、そうなんですかっ？」

想定外の展開に、剣士は激しく動揺していた。

玄は否定も肯定もせずに、金の盃を見つめている。

「この盃な、起きたら枕もとにあったんだ。きっと、翔太が寝る前に使おうとして思い留まったんだろう。それに、夢の中で聞いちまったんだ。〝このまま俺に取りつかれてるのが恐ろしい〟って、あいつは怯《おび》えてた。そりゃそうだよ。別人と入れ替わり続けるなんて異常だもんな。しかも俺の場合は、翔太を眠らせたりとか、迷惑なことやらかしちまうからなぁ」

「そんな、玄さん……」

「翔太は俺の子孫だ。剣士はお雪さんの子孫。ふたりとも、俺にとって大事な存在だ。心から大事だなって、本当に思ってるよ。その剣士と翔太がこれから店をやろうってときに、邪魔するわけにはいかねぇよな」

何かを悟ったように語る玄。気づいたら剣士は叫んでいた。

「待って！　やめて！　まだ行かないで！」

「剣士……」

「確かに、翔太はその盃を使おうか迷ってました。僕も使っていいと言いました。翔太が苦しんでたから。でも……」

暖簾をじっと見ていた玄さん。肩が震えていた。きっと、消える前に目に焼きつけておきたかったのだ。震えるほど切なかったのだ。

もう二度と見られないと、覚悟していたから。

「僕はやっぱり玄さんにいてほしい。もっと教えてほしいことがたくさんあるんです。さっきそう思いました。翔太だって玄さんが必要なはずなんです。もっとうまく入れ替わりができれば問題は起きないはずだから、どうするか方法を考えましょうよ」

必死に説得している自分が滑稽だった。その時々で考えがコロコロ変わる、調子のいいダメ店主。

翔太には申し訳ないと、はっきり自覚している。

自分勝手すぎる言動だと、しっかり理解している。

でも、頭で考えていたことを、心で感じたことが、どうしようもなく覆す。

「玄さん、この盃は仕舞っちゃいましょう。ね？」

玄は口元を緩め、ゆっくりと頭を横に振る。

「ありがとな、剣士。でもよ、もう決めちまったんだ」


――嫌だ嫌だ嫌だ嫌だ！


「玄さん、それは嫌なんだ！　それが僕の本心なんだよっ！」

衝動的に玄の胸元を摑んでしまった。

「僕に、もっと料理を教えてくださいよ！　包丁が使えるように指導してくださいよ！　もっと……もっと僕と翔太を助けてくださいよ！　一緒に店をやりましょうよ！　三人でつきみ茶屋を繁盛させよう、早く暖簾がかかるとこが見たいって、玄さん言ったじゃないですか。金の盃を出してきたことは謝ります。だから許して。お願いだから行かないで！　ねえ、行かないでくださいよぉ……」

目の前がぼやけている。玄の表情がまったくわからない。

ふいにおしぼりで顔を拭かれた。玄が拭いてくれたのだ。

「そんなに泣くなよ。男だろうが」

そう言う玄も、瞳を潤ませている。

「玄さん……行かないで……」

また涙が溢れてきた。どうしても自制できない。

「そんなに残念がってくれて、俺はうれしいよ。大丈夫だ。剣士はもう、俺がいなくてもやってけるよ」

首を左右に振ったが、言葉は出てこない。嗚咽《おえつ》が漏れてくる。

玄はしばらくのあいだ、剣士の肩を無言でさすっていた。

やがて、自分の目元を指で拭ってから、彼は厳《おごそ》かに語り始めた。


この盃は、成仏できなかった者の魂を封印する器だ。その者の血族が盃を使うと、魂は血族に乗り移る。一度血族に取りついた魂は、自分の思い残しを解消するまで成仏できねぇ。解消できたら自然に成仏して消えっけど、そうじゃねぇまま盃を使うと、またこの中に封印されるんだ。

もし、翔太がこれをちゃんと使ってたら、俺は強制的に封じ込められてたかもしれねぇな。だけど、あいつは根がやさしいからよ、どうしても使えなかったんだろう。いろいろ迷惑かけてすまなかったよ。

——俺の夢は、お雪さんに最高の膳を食べてもらうことだった。それが思い残しだ。でもそんな夢、どうしたって叶うわけねぇよな。

だけどよ、お前さんと翔太を一人前にすることが、いつしかもうひとつの夢になってたんだろうな。

刃物が怖くて料理ができなくて、店を継がねぇって言ってたお前さんが、やっと刃物を使う気になってくれた。いつかは使えるようになるさ。

人が何かをやるって本気で決めたら、そのときから道は、決めた到達点に向かって進むもんなんだよ。いつかきっと、そこにたどり着く。

安心しな。お前さんは必ず一人前の店主になれる。俺の料理は、子孫の翔太が受け継いでくれる。最高じゃねぇか。

だから俺は、また盃の中で眠らせてもらうよ。

何も言えない剣士の横で、玄は金の盃を手に取った。

「玄さん！」

止めようとしたのだが間に合わなかった。

玄は中身を一気に飲み干してしまった。

ああああ、玄さんがいなくなってしまう。

常識知らずで、厚かましくて、騒々しくて。口は悪いし短気だし、自分勝手で迷惑ばかりかける人。

だけど——。

料理が大好きで、その料理で誰かを幸せにしたくて、自分も幸せになりたくて、二度目の生を精一杯謳歌《おうか》していた人。

気弱な剣士を叱咤《しった》激励し、店の暖簾を守る意味を、先人の想いを受け継ぐことの大切さを、親身になって教えてくれた。

まるで、血を分けた家族のように。

神様お願いだ。玄さんを連れていかないで！

剣士はどうしたら玄を戻せるのか、必死に考えた。

そうだ！

「玄さん、翔太がもう一度盃を使えば、玄さんはまた……」

血走った眼で剣士が言うと、うつらうつらし始めた玄が、右手を軽く横に振った。

「勘弁しておくれよ。ゆっくり眠らせてほしいんだよ。それに、ただ盃を使っただけじゃ駄目なんだ。条件が合わないと無理なのさ……」

「条件？　条件ってなんですか？　玄さん！　お願い教えてっ！」

「……あー眠い。もう起きてられねぇわ……」

玄はカウンターテーブルにつっぷし、目を閉じてしまった。

「江戸時代の食文化を、お前さんたちが伝えておくれ……。献立はだいぶ先まで考えてあるからな……。ここは……立派な店に……なるだろう。……ああ、楽しみだなぁ……」

小さく笑みを浮かべてから、玄は動かなくなった。

うわぁぁぁぁぁぁぁぁ――――――――――！

玄さん、玄さん、起きてよ玄さん！

まだちゃんとお礼を言ってないよ。恩返しもしてないよ！　勝手に決めて勝手に行っちゃうなんて酷いよ！　酷すぎるよ！　玄さん！　玄さん、玄さん――――――――！

泣き叫んだ。何度も何度も。

強く身体を揺すって、無理やり起こそうともした。

だけど、玄は笑顔で目を閉じたまま、目覚めようとはしなかった。

柱時計がチクタクと時を刻んでいる。

前髪の白い玄は、微動だにしない。

彼が使った金の盃は、眩《まばゆ》いばかりにきらめいている。

剣士は何も考えることができず、玄の横で立ち尽くしていた。

◆

どれだけの時間が経ったのか、わからなくなっていた剣士の前で、玄だった男の前髪が茶色に変化していった。

ゆっくりと瞼《まぶた》を開き、つっぷしていたテーブルから起き上がる。

剣士が肩にかけてやっていたストールが、はらりと椅子に落ちた。

「剣士、どうしたんだっ？」

翔太が驚いている。

「目が真っ赤だし、げっそりしている。何かあったのか？」

「翔太……。玄さんが、玄さんが盃を使った」

「えっ？」と手元にあった金の盃に目をやる。

「なぜだ？　なぜ急に玄が？　……確かに身体が軽い。憑《つ》きものが落ちたような感覚がする。玄は盃に封印されたってことか？」

「……そうだと思う」

また熱い雫《しずく》がこみ上げてきそうになり、必死で飲み込んだ。

「何が起きたのか、教えてくれないか？」

剣士は黙って、スマホの録音データを再生した。

玄に米の研ぎ方を教えてもらうところから、盃を使って目を閉じた玄に剣士が叫び続けるところまで、翔太は身じろぎもせずに聞いていた。

「――剣士」

スマホを止めた翔太が、真剣な眼差しを向けてくる。

「なに？」

「玄はこの徳利の中身を盃で飲んだんだな」

「そうだよ」

何もする気になれなくて、カウンターの食器類はそのままになっている。

すぐさま翔太が徳利を取り上げ、中を入念に嗅ぐ。

すでに空になっているが、匂いは残っているはずだ。

「酒じゃない。これは水だ」

「水？」

「ああ。玄は水を飲んだだけで封印された。酒は関係なかったんだ。金の盃で何かを飲むことが、封印と解放のポイントだった。でも、それだけではないらしい。玄の言う条件を満たさないと駄目だったんだな。それは一体、なんなんだ？」

冷静に分析する翔太。さすがだなと思いながらも、剣士は力が抜けたままでいる。

「剣士。オレはもう一度これを使おうと思う」

「……え？」

耳を疑った。

「あんな別れ方をされて、よかった、なんて言えるわけがないだろ」

「だって翔太、玄さんが恐ろしいって……」

「昨日はそうだった。寝る前にどうするべきなのか盃を見ながら考えたけど、結論は出せずにいた。でも今は違う。剣士が言っていた通り、玄とうまく入れ替わることさえできれば問題は起きないんだ。その方法を探りもせずに嘆いてしまった自分が不甲斐ないよ」

両の手を握りしめ、翔太が天を仰ぐ。

「玄は、剣士の刃物恐怖症をなんとかしようとしてくれた。料理ができなかったお前に、料理の基本を教えようとしてくれた。オレの頼みを聞いて、いろんな江戸料理を作ってくれた。軒下で干し柿を作ってくれた。ミケの……ミケの世話までしてくれた。この先もオレたちには玄が必要だ。そうだろう？」

翔太は微《かす》かに涙ぐんでいる。

剣士もこらえきれずに雫をこぼしてしまった。

玄は今朝、冷蔵庫やガスレンジを愛おしそうに見ていた。

ミケに「長生きしろよ」と話しかけていた。剣士に出がらしの煮干しの置き場所を教え、翔太に干し柿を使うように伝えてほしいと言った。

――そして、わざわざ物置の暖簾を見に行った。

すべては、自分が消える覚悟をしていたから、だったのだ。

「僕は、翔太さえ大丈夫なら、玄さんと一緒に店をやりたい。玄さんと翔太と僕で。つきみ茶屋が江戸料理として再開するときは、玄さんにいてほしいよ。だって玄さん、ここの入り口に暖簾がかかるのを、ものすごく楽しみにしてたんだよ。……それなのに、盃を使っちゃったんだ。僕と翔太のために」

――早く店を再開させてぇよな。つきみ茶屋の暖簾が入り口にはためくのを、この目で見てぇよ――

昨夜、シャンパンでご機嫌だった玄の言葉が、脳裏でこだまする。

もう涙が止まらない。どうしても止められない。

「わかった。剣士の気持ちはよくわかったよ。オレも同じだ」

翔太がおしぼりを顔に当ててくれた。まるで先ほどの玄のように。

「店のオープンまでまだ一週間以上ある。それまでに玄を復活させよう。とりあえず、今すぐこの盃を使う」

翔太は剣士のコップに入っていた水で金の盃を満たし、ためらうことなく一気に飲み干した。

その勇気ある行動に、剣士は感動すら覚えた。

「……ありがとう、翔太。マジありがとう」

リスク覚悟で盃を使ってくれた翔太に、感謝と尊敬の念を送る。

いつまでもベソベソしている場合ではない、と気合を入れた。

「これで変化がなければ、条件を満たしていないことになる。よし、いつものヒーリング音楽で寝てみるよ。いや、眠れそうにないから、強い酒でも飲もう」

「わかった。テキーラを用意する」

剣士がショットグラスにテキーラを入れると、翔太はグイッと飲み、お代わりを要求した。三杯ほど飲んでからイヤホンをつけて、座敷席に座布団を敷いて横たわる。

「じゃあな、剣士。起きたら玄になっていることを祈るよ」

眠りに入った翔太にストールをかけてから、剣士は片づけに集中した。

玄と一緒に作って食べた朝食。使った食器や調理器具を丁寧に洗う。
これが最後だなんて、絶対に認めない。
また玄さんと一緒に朝餉を食べてやる。
店も一緒にやっていく。翔太と玄さんと二・五人で。
どうしたらうまく回るのか、今度こそちゃんと策を練ろう。
誰も嫌な思いをせずに毎日をすごせる方法が、きっとあるはずだ。

洗い物を終え、食器を磨き、残った白米や佃煮を冷蔵庫に仕舞った。
ふと、金の盃を手に取る。
鏡のようにツルンとした黄金の器。剣士の顔が映り込んでいる。
今この盃の中に、玄さんは封じ込められているのか？
それとも、また血族の翔太に乗り移ったのだろうか？
ヤキモキしながら、座敷席の翔太を見る。
寝息を立てて横たわっている。髪の毛は茶色いままだ。
何げなく、翔太の右人差し指に目をやった。ほんの小さな傷がある。玄が「舐めてりゃすぐ治る」と言っていた傷だ。

二階の居間に行って棚の下段にある救急箱を取り出し、中から消毒液つきの絆創膏《ばんそうこう》を持ってきて手当てをしておいた。

「う……ん……」と声がし、翔太が寝がえりを打つ。

次の瞬間、ガバッと起き上がった。

「剣士、玄は出てきたか？」

翔太が息せき切って尋ねてくる。

「いや、翔太のままだ。玄さんにはならなかった」

内心の落胆を滲ませないように努力した。

やはり、玄は盃に封じ込められてしまったのだ。

「そうか……。条件の問題かもしれないな」

「ああ。どうしたらいいのか見当もつかないよ」

「オレが初めて玄に取りつかれたときのこと、思い出してみようか」

翔太に提案され、記憶の箱をまさぐった。

「僕たちは二階の居間で、翔太の引っ越し祝いをしようとしてた。僕が一階に行って戻ったら、翔太が金の盃で酒を飲んでいたんだ」

「そうだ。あの盃、オレが物置から取り出して、磨いてから居間の棚に仕舞っておいたんだよな。触ってほしいと盃に言われたような気がして、つい使ってしまったんだ」

「あれは満月の夜だった。夏の終わりで虫の声が聞こえてた」

「満月？」

「そうだよ。二階から大きな満月を眺めたんだ」

「ああ、オレも覚えている。ちなみに、今日は満月か？」

「ちょっと待って」

スマホを取り出し、速攻で今夜の月齢を調べる。

「違う。満月は三日後だ」

「ってことは、月が関係しているわけではないのか。満月の夜に何かが起きるのは、ホラーや妖怪話の定番なのだが……」

うーむ、と翔太が腕を組む。

「何が条件なのか、さっぱりわからないな……。あ」

翔太はふと、自分の右人差し指を見つめた。

「なんだか痛むと思ったら、傷があったのか。玄のことで頭がいっぱいで、今まで気づかなかったよ。これはいつの傷だ？」

「今朝、玄さんがゴミの片づけをしてて、ガラスの破片で切っちゃったみたいだ。翔太が寝てるあいだに絆創膏を貼っておいた」

「そうか。ありがとう」

「……あれ？」

今、何かが剣士の心に引っかかった。

「どうした？」

「……いや、なんか重要なことを思い出しかけた気がしたんだけど……ごめん、出てこない」

「記憶なんてそんなもんだ。またふとしたときに思い出すよ。とにかく、オレはあの満月の夜をもう一度再現してみたい。この盃を居間の棚に仕舞っておく」

そう言って翔太は、剣士が持っている金の盃を凝視した。

「で、夕飯も居間で取る。もう一度棚から金の盃を取り出して、酒を飲んでみよう。同じことを繰り返してみるしか、条件を探す手段がない」

「わかった。上に行こう」

　ふたりは二階の居間に入り、剣士の両親の遺影と、父の形見である包丁の箱を飾った棚の前に立った。

「うちの親にも頼んでおく」

　金の盃を遺影の横に置き、手を合わせた。翔太も同様にしている。

　どうかどうか、玄さんがまた戻ってきますように。

　心の中で祈ったその刹那、コトコトと小さな音がした。

「なんの音だ？」と翔太が訝《いぶか》しがる。

　またコトコト。さっきよりも音が大きい。

「うわ、盃だよ。動いてる！」

　剣士が指を差す。

　金の盃が、細やかに動いていた。

　普通なら腰を抜かすほど驚く場面だろう。だが、剣士と翔太は飛び上がるほどよろこんでいた。

「……きっと玄さんだ。中にいるんだよ！」

　確信めいた推測だった。

「オレもそう思う。アイツ、わざと動いているのか？」

「話しかけてみる！」

剣士は盃を両手で包み、そっと話しかける。

「玄さん、聞こえるかな？　翔太も玄さんが必要だって言ってくれましたよ。すぐに盃も使ってくれた。だから早く戻ってきて。どうしたら条件が合うのか、教えてくださいよ」

もちろん、盃は何も答えない。小刻みに動くのみだ。

「なあ、玄。直接会ったことも話したこともないけど、あんたのことはリスペクトしてるよ。感謝もしている。オレたちはもっとうまくやれるはずだ。方法を考えるから、まずはオレに取りついてくれ。頼む」

翔太も真剣そのものだ。

二十代半ばの男ふたりが、無機質な盃に必死で話しかけている。

客観的に見たら、なんともマヌケで奇妙な光景に違いない。

「……動きに意思は感じられないな」と翔太がつぶやいた。

「せめて、はい、いいえ、で合図をくれるといいんだけどな。はい、なら動くのが一回、いいえ、なら二回、とか」

「だね。ねえ玄さん。聞こえてるなら一回だけ動いてくれませんか」

また剣士が話しかける。

だが、盃はピタリと動かなくなってしまった。

果たしてどうしたら、玄さんはまた翔太に憑依してくれるのか？

どうすれば封印解除の条件を満たせるのだろう……？

しばらく盃を観察していたら、剣士のスマホに着信があった。

「はい。……ああ、いつもお世話になっております。……はい、少々お待ちください」

翔太に「花屋さんからだ。生け花の定期契約の件、このまま進めてもいいかって。いいよね？」と確認する。

「もちろんだ」と返事があったので、「大丈夫です。……はい、週一度の契約で。よろしくお願いいたします」と答えて通話を終えた。

いきなり現実に戻されたような気分になる。

「よし」と翔太が手を叩いた。

「玄のことはちゃんと考えるとして、今はやるべきことをやろう。新規オープンまでに献立の仕上げをしておかないと」

動かない盃に後ろ髪を引かれながらも、剣士はこっくりと頷いた。

「わかった。僕も手伝うよ。包丁の練習もしたいし」

「ああ、それは助かる。初めの一週間は〝十五夜の月見膳〟だ。つきみ茶屋の再スタートにふさわしいネーミングだよな」

確かに、と剣士も同意する。

「十五夜とは、一年で一番美しいとされる中秋《ちゅうしゅう》の名月を観賞する行事。月に見立てた団子を供えることで、芋類の豊作を祝う意味も込められている。だから〝芋名月〟とも呼ぶ。江戸時代では里芋や薩摩芋《さつまいも》も月に供えるのが定番だった。——そうでしたよね、玄さん」

そこまで言って、あ、と口に手を当ててしまった。

「……ごめん」

無意識に玄の名前を呼んでしまった剣士に、翔太が穏やかな視線を注ぐ。

「玄にはいろいろ教えてもらったよな。これからも教えてもらおう」

「翔太……」

「自分だけ盃でゆっくり休もうだなんて、オレが許さない。絶対にまた取りつかせて、こき使ってやるからな」

わざと憎まれ口を叩く翔太が、とても頼もしく見える。

〝人は何か大事なものを失《な》くしたとき、当たり前だと思っていたその何かの重要性に気づく〟と言うが、自分たちもその通りだと痛感する。

「翔太、玄さんも驚くような箱膳料理を提供しよう」

「だな。十五夜の月見膳は、オリジナルの月見だんご、里芋、薩摩芋、松茸《まつたけ》、銀杏《ぎんなん》、秋鮭《あきさけ》、蝦夷《えぞ》鹿。それに玄の干し柿も入れて構築する。ベースは玄が考えてくれたから、それにアレンジを加えるだけだ」

「店内にはススキを飾って、月見の雰囲気を醸し出そう」

「いいな。装飾は剣士に任せるよ。お前は独創的で面白いアイデアを出してくれるからな」

「秋の七草のひとつで鋭い切り口があるススキは、悪霊や災いから収穫物を守る魔除《まよ》けの意味がある。庭や水田にススキを立てたり、軒先に吊るす風習もあるんだって。……これも玄さんの受け売りだけどね」

「そんな話をしながら給仕してくれ。きっとゲストにウケるはずだ」

「うん。また緊張しそうだけどね」

こうして店のことに意識を向けると、やる気が漲ってくる。

玄のことはゆっくり考えよう。必ず翔太に憑依させる方法があるはずだ。

「まずは買い出しだな。盃は棚の中に仕舞っておこう」

翔太は大切そうに金の盃を手に取り、棚の扉を開けて上段に入れた。

扉を閉じる瞬間、剣士は小さくつぶやいた。


玄さん。また会いましょう。

そのときまで、ゆっくり休んでいてくださいね。

これまで一緒にいてくれて、本当にありがとう。


嵐のように駆け抜けていった玄との日々。

思い出にする気は毛頭ない。

必ず玄が復活できる方法を探し出すと、剣士は強く胸に誓った。

エピローグ　「怪しく震える禁断の盃《さかずき》」

買い出しにいこうと決めたふたりは、それぞれの部屋で外出の準備を整えた。

剣士はジャージからニットとジーンズに、翔太は着物からシャツとコットンパンツに着替え、再び居間に戻った。

——棚は静かなままだ。

剣士が念のため中を覗くと、金の盃は静かに佇んでいる。

「よし、行こっか」

扉を閉めようとしたそのとき、予期せぬ来客があった。

一階から女性の声が聞こえたのだ。

「……ごめんください。ごめんください」

翔太と顔を見合わせる。か細いが、お互いに聞き馴染みのある声だった。

――ガタガタガタガタガタガタガタ！

いきなり、棚の中で金の盃が激しく動き出した。尋常ではない動き方だ。まるでそこにだけ地震が起きているかのように、上下左右に動き続けている。

一体、何が始まろうとしているのだ？

剣士の鼓動が激しくなり、不穏な感覚に襲われる。

「このままだと危ないな」と翔太も声に不安を滲ませる。

「欠けちゃうかもしれないから、僕が持っていく」

動き続ける盃を布で包み、リュックに入れて背負った。

中の振動が背中から伝わってくる。

「剣士、とりあえず下に行こう」

「了解！」

ふたりは居間から廊下に飛び出し、狭い階段を駆け下りた。

黒のパンツスーツにパンプスを履いた女性が、格子戸からこちらを覗いている。長い髪に大きめの黒縁メガネ。見慣れた顔なのに、なぜか別人のように感じた。

怯えた表情をしていたからだ。

「桃ちゃん、どうしたの？　忙しいんじゃなかったっけ？」

月見桃代。

若くしてゲーム関係のコンサルティング会社を立ち上げ、剣士が借金を申し込もうとした従姉である。

「桃代さん、ご無沙汰しています。少し前からこの家に住まわせてもらっているんです」

バーテンダー時代から桃代を知る翔太は、訝しがる素振りも見せずに挨拶をした。

だが、桃代はキョロキョロと周囲を見回し、恐々《こわごわ》と剣士たちを見上げている。剣士のリュックの中では、相変わらず盃がうごめいている。

「桃ちゃん……？」

桃代に近づきながら、もう一度剣士が呼びかける。

すると、彼女の口から信じがたい言葉が飛び出した。

「あの……こちら、待合《まちあい》の『つきみ』さん、ですよね？」

「はあ？」

剣士は呆けたような返事しかできない。

待合のつきみ？　ここが芸者を呼んで仕出し料理を運ばせ、客をもてなす待合（お茶屋）だったのは江戸時代の話で、三代目の頃に割烹へと業態変更をしている。そんなこと、従姉の桃代が知らないはずがない。しかも、お茶屋を別名の待合と呼ぶ人なんて、今やいないはずなのだ。

「桃ちゃん！　様子が変だよ！　一体なにがあったの？」

桃代の肩に剣士が手を触れようとしたら、彼女の背後から「あのー」とタクシー運転手の青年が現れた。

「こちらのお客さん、お金の支払い方がわからないって言うんです。おふたりはお客さんのお知り合いですよね？　申し訳ないんですけど、払ってもらってもいいですか？」

「は？　どういうことですか？」

運転手に事情を尋ねると、こういうことだった。

桃代は池袋の自宅にタクシーを呼び、「東京駅まで」と告げるや否や、眠り込んでしまった。だが、すぐに目覚め、「ここはどこですか？」と驚いたように問いかけてきたという。

運転手が「飯田橋ですけど」と答えると、「飯田橋っ？」と頓狂な声をあげ、「じゃあ、神楽坂のそばですか？」と訊かれたので、「そうですけど」と返した。あわてた桃代は「つきみ。神楽坂のつきみに行ってください。待合のつきみ」と言い出したのだが、住所を尋ねても「わからない」の一点張り。

困り果てた運転手は車を停《と》め、つきみ、と名前のつく神楽坂の店を検索し、ここまで送り届けたというのだ。

「大変だったんですよ。ここはどこ？　江戸じゃないの？　なんでこんなに変わっちゃったの？　って、ずっとわけわからないこと言ってるんですから」

運転手は本当に苦戦したようだった。

「江戸……。剣士、もしかして桃代さんは……」

翔太がその先を言う前に、剣士は運転手に代金を払って送り出した。

剣士自身も、江戸、という言葉でピンときたことがあったからだ。

「ねえ、桃ちゃん。っていうか、あなた誰ですか？　江戸時代の人？」

目の前の桃代に問いかける。

彼女はしなを作るように身体を動かし、小声で言った。

「あたし、お雪と言います」

はあ────？

剣士は心中で雄叫《おたけ》びをあげた。翔太も口をあんぐりと開けている。

「こちらにあった、つきみという待合で女将をしておりました。でも……信じてもらえないかもしれませぬが、あたし、もう死んでいるはずなんです。なのに、いきなり見知らぬ場所を、見知らぬ乗り物で移動していて……。今はいつの時代なのでしょう？　ここは本当に江戸の神楽坂なのですか？」

リュックの中で、金の盃が小刻みに震えている。

何をどう答えたらいいのか、剣士たちは語彙《ごい》を失っていた。

本書は文庫書下ろし作品です。

|著者| 斎藤千輪　東京都町田市出身。映像制作会社を経て、現在放送作家・ライター。2016年に「窓がない部屋のミス・マーシュ」で第2回角川文庫キャラクター小説大賞・優秀賞を受賞してデビュー。主な著書は「ビストロ三軒亭」シリーズ、本書を含む「神楽坂つきみ茶屋」シリーズ、『だから僕は君をさらう』『グルメ警部の美食捜査』など。

神楽坂《かぐらざか》つきみ茶屋《ちゃや》2　突然《とつぜん》のピンチと喜寿《きじゅ》の祝《いわ》い膳《ぜん》

斎藤《さいとう》千《ち》輪《わ》

講談社文庫

定価はカバーに
表示してあります

2021年5月14日第1刷発行

発行者――鈴木章一
発行所――株式会社　講談社
東京都文京区音羽2-12-21　〒112-8001
電話　出版（03）5395-3510
　　　販売（03）5395-5817
　　　業務（03）5395-3615

Printed in Japan

デザイン―菊地信義
本文データ制作―講談社デジタル製作
印刷―――豊国印刷株式会社
製本―――株式会社国宝社

ISBN978-4-06-523492-1

講談社文庫刊行の辞

二十一世紀の到来を目睫に望みながら、われわれはいま、人類史上かつて例を見ない巨大な転換期をむかえようとしている。

世界も、日本も、激動の予兆に対する期待とおののきを内に蔵して、未知の時代に歩み入ろうとしている。このときにあたり、創業の人野間清治の「ナショナル・エデュケイター」への志を現代に甦らせようと意図して、われわれはここに古今の文芸作品はいうまでもなく、ひろく人文・社会・自然の諸科学から東西の名著を網羅する、新しい綜合文庫の発刊を決意した。

激動の転換期はまた断絶の時代である。われわれは戦後二十五年間の出版文化のありかたへの深い反省をこめて、この断絶の時代にあえて人間的な持続を求めようとする。いたずらに浮薄な商業主義のあだ花を追い求めることなく、長期にわたって良書に生命をあたえようとつとめるところにしか、今後の出版文化の真の繁栄はあり得ないと信じるからである。

同時にわれわれはこの綜合文庫の刊行を通じて、人文・社会・自然の諸科学が、結局人間の学にほかならないことを立証しようと願っている。かつて知識とは、「汝自身を知る」ことにつきていた。現代社会の瑣末な情報の氾濫のなかから、力強い知識の源泉を掘り起し、技術文明のただなかに、生きた人間の姿を復活させること。それこそわれわれの切なる希求である。

われわれは権威に盲従せず、俗流に媚びることなく、渾然一体となって日本の「草の根」をかたちづくる若く新しい世代の人々に、心をこめてこの新しい綜合文庫をおくり届けたい。それは知識の泉であるとともに感受性のふるさとであり、もっとも有機的に組織され、社会に開かれた万人のための大学をめざしている。大方の支援と協力を衷心より切望してやまない。

一九七一年七月

野間省一

講談社文庫 最新刊

浅田次郎
天子蒙塵《てんしもうじん》 (一)(二)
清朝最後の皇帝・溥儀が、満洲国の皇帝になるまでを描く「蒼穹の昴」シリーズ第五部！

綾辻行人
暗闇の囁き〈新装改訂版〉
暗い森。白亜の洋館。美しく謎めいた兄弟の周囲で相次ぐ〝死〟の背後には、何が――？

神楽坂 淳
うちの旦那が甘ちゃんで 10
芝居見物の隙《すき》を衝く「芝居泥棒」が横行。月也と沙耶は芸者たちと市村座《いちむらざ》へ繰り出す。

高田崇史
オロチの郷、奥出雲〈古事記異聞〉
有名な八岐大蛇《やまたのおろち》退治の真相とは？ 出雲神話に隠された敗者の歴史が今、明らかになる。

堂場瞬一
ピットフォール
一九五九年、NY《ニューヨーク》。探偵は、親友の死の真相を追う。傑作ハードボイルド！〈文庫オリジナル〉

夏原エキジ
Cocoon 4〈宿縁の大樹〉
運命に、抗《あらが》え――。美しき鬼斬り花魁《おいらん》の悲しい定めが明らかになる、人気シリーズ第四巻！

堀川アサコ
幻想商店街
商店街の立ち退き、小学校の廃校が迫る町で、一人の少女が立ち上がる。人気シリーズ最新作。

輪渡颯介
呪い禍〈古道具屋 皆塵堂〉
なぜか不運ばかりに見舞われる麻四郎《あさしろう》の家系には秘密があった。人気シリーズ待望の新刊！

斎藤千輪
神楽坂つきみ茶屋2〈突然のピンチと喜寿の祝い膳〉
腹ペコ注意！ 禁断の盃から蘇《よみがえ》った江戸時代の料理人・玄《げん》が料理対決!? シリーズ第二巻。

創刊50周年新装版

伊集院 静
機関車先生〈新装版〉
瀬戸内の小島にやってきた臨時の先生と生徒たちとの絆を描いた名作。柴田錬三郎賞受賞作。

遠藤周作
深い河《ディープ・リバー》〈新装版〉
生きることの意味、本当の愛を求め、母なる河ガンジスに集う人々。毎日芸術賞受賞作。

内館牧子
別れてよかった〈新装版〉
どんなに好きでも、別れ際は潔く、美しく。いい女には、もっと素敵な恋が待っている。

古井由吉
東京物語考
解説=松浦寿輝　年譜=著者、編集部
徳田秋聲、正宗白鳥、葛西善藏、宇野浩二、嘉村礒多、永井荷風、谷崎潤一郎ら先人たちが描いた「東京物語」の系譜を訪ね、現代人の出自をたどる名篇エッセイ。
978-4-06-523134-0
ふA13

古井由吉
詩への小路　ドゥイノの悲歌
解説=平出　隆　年譜=著者
リルケ「ドゥイノの悲歌」全訳をはじめドイツ、フランスの詩人からギリシャ悲劇まで、詩をめぐる自在な随想と翻訳。徹底した思索とエッセイズムが結晶した名篇。
978-4-06-518501-8
ふA11

2021年3月12日現在